婆羅洲之子
與拉子婦

李永平

早期風格

王德威

一九六七年李永平（一九四七—二〇一七）從婆羅洲來到台灣。此後五十年他創作不輟，成為台灣文學以及馬華文學最重要的作家之一。赴台之前，李永平已經是熱情的文藝青年，一九六六年即以〈婆羅洲之子〉獲得婆羅州文化局文學獎。在台大外文系求學時期，除汲取西方文學資源外，並獲得名師如顏元叔教授等的提攜鼓勵，更加致力創作。一九七六年，李永平第一本小說集《拉子婦》在台灣出版，同年赴美深造。

相較於日後讓李永平聲名大噪的著作《吉陵春秋》、《海東青》、「月河三部曲」系列（《雨雪霏霏》、《大河盡頭》、《朱鴒書》）等，一九六六到一九七六十年間的李永平仍然處於試探題材、磨練風格階段。但這些作品已經隱隱肇動著青年小說家的未來走向。他的性情執念，他的主題風格，甚至人物典型無不若隱若顯。麥田出版公司將李永平這一時期的作品《婆羅洲之子》、《拉子婦》合為一集出版，不僅見證作家個人的所來之路，也為台灣現代主義文學的發展增添重要的面向。

李永平負笈來台時，馬來亞（後為馬來西亞）建國不過十年，華人的地位每下愈況，兩年後五一三事件（一九六九）爆發，馬來人和華人的衝突自此浮上檯面。李所來自的婆羅洲砂勞越地區與馬來半島上的勢力格格不入，至一九六三年才與馬來亞聯合邦、北婆羅洲和新加坡聯合組成馬來西亞聯邦。砂勞越尋求獨立的號召一度甚囂塵上，砂共也成為棘手現象。所謂西馬、東馬是地理的分界，也是政治的對峙。與此同時，中國大陸發生文化大革命（一九六六－一九七六），台灣推出文化復興運動。而島上現代主義和鄉土文學運動已經勢不可遏。

李永平的創作是在如此盤根錯節的背景下展開。他對故鄉砂勞越一往情深，但那複雜的人種和人情糾葛卻成為他畢生難解的命題。他嚮往中國，對自己身在異鄉與異族為伍不能釋懷。他在現實環境考量下選擇到台灣就學，卻比一般僑生多一分對中華文化的執著。問題是，僻處海角的台灣只是可望而不可及的「祖國」延伸甚至幻影，反因此更加深他的「想像的鄉愁」。文學創作自不必是作家個人生命的倒影，但在李永平早期作品的字裡行間無不潛藏著他與歷史情境對話甚至搏鬥的痕跡。

李永平的〈婆羅洲之子〉作於一九六五年，彼時作家只有十八歲，下筆已不自覺地顯露日後他一再處理的題材。故事中的大祿士是華人和原住民達雅族女子所生的混血兒，不能見容各個族群。大祿士為追求認同與正名，經歷重重考驗，包括殖民與族群勢力的壓迫和誘奸婦女的栽誣，最後化險為夷，完成心願。這篇小說有個過分光明的尾巴，也許代表青年作家的期望甚至文學獎的趨勢，卻反而襯出故事裡的暗潮洶湧，難有解決之道。婆羅洲是蒼莽豐饒之島，十八世紀以來即有大量華人移居。華人與西方殖民者、馬來人及原住民形成此消彼長的複雜生態。許多年後，後殖民學說當道，華人移民被冠上「定居殖民者」的封號，成為撻伐對象。但作為「婆羅洲之子」，大祿士個人華夷夾雜的遭遇可能才更為真實。不論是種族的混血，還是文化、政治的妥協／共謀，其混淆曖昧處哪裡是一兩套政治正確公式所能道盡？

〈拉子婦〉是李永平早期作品中最受好評的一篇，恰恰可以視為〈婆羅洲之子〉的另一版本：〈婆羅洲之子〉寫混血兒子故事，〈拉子婦〉則處理原住民母親的故事。故事中的拉子婦是婆羅洲達雅土著，她與漢人成婚，受盡歧視，終於萎頓而死。李永平表面寫的是「被侮辱與被損害者」的悲慘遭遇，幾乎像是五四以來人道寫實主義的翻版。但骨子裡他的命題更要嚴峻得多。隱身為童稚的敘事者，李永平靜靜的鋪陳一則有關海外移民的寓言。華人移民固然受到移居地上西方殖民者的壓制，但相對於土著，華人已成為另類殖民者。然而「移民」不世襲，移民一旦落地生根，和在地文化與人種混同，年久日深，是否終將淪為夷民？漂流海外的華族，要怎樣維護他們的文化傳統，血緣命脈？拉子婦的下場當然值得同情；她是西方、華人和馬來人多重殖民勢力的犧牲。但換個角度看，她所象徵的威脅——異族的、混血的、繁殖的威脅——隱隱指向漢人移民文化的最終命運。

另一方面，李對拉子婦的同情不以族裔設限，而更及於她的性別身分：她是個母親。這是李原鄉想像的癥結所在。母親——母國，故土，母語——是生命意義的源頭，但換了時空場景，她卻隨時有被異族化，甚至異類化的危險。拉子婦曖昧的身分，還有她必然的死去，因此成為李永平的原罪恐懼。如何救贖母親，免於異（族）化，甚至期望母親回歸到永遠不要長大，不要變老的孩提時代，成為他未來數十年不斷嘗試的寫作核心。而母語——中文——成為他點石成金的祕方。

李永平的孺慕之情在〈圍城的母親〉和〈黑鴉與太陽〉裡有更進一步的表現。尤其〈圍城的母親〉已具寓言意味。海峽殖民地裡的小城，華裔移民的社會，蠢蠢欲動的土著，誓守家園的母親，敏感多慮的兒子，串演出一齣詭異的母子情深的故事。小說中段，母親夜半棄家逃難，「船在水上航行，就彷彿在泥坑裡行走一般。從上游不斷漂下一堆堆樹幹樹枝樹葉，也不知道它們在什麼時候才漂到河口，進入浩瀚的大海。倘若他們不斷地向北方漂去，是不是會有一天漂到唐山？」然而母親最後還是決定調轉船頭，回到被圍的城裡去。他鄉已是故鄉，捨此難有退路。飄零域外的華族子弟只能與「圍城的母親」長相左右。

李永平的婆羅洲／中國情結在〈田露露〉達到最高潮。這篇小說刻意營造史詩結構，上溯鄭和下西洋來到婆羅洲、手下大將與島上勃泥王國公主的露水姻緣，以及兩人後裔興國的故事。勃泥公主與漢人大將有緣無分，只能化作當地中國寡婦山的傳說源頭。換句話說，這樣的傳說儼然是個〈拉子婦〉的前世皇家版。據此，李永平來到二十世紀中期西方帝國殖民統治的最終時刻。今非昔比，一切都顛倒了。故事裡的田露露煙視媚行，洋人殖民官員也為之傾倒。但露露只是個英文名字，她的中文名字「田家瑛」才真正喚起她千迴百轉的的故國意識。這個島上日本人、英國人、馬來人來來去去，唯有古老的大明英雄傳奇成為她魂縈夢牽的對象。然而在南洋，在大航海時代的終端，又有誰能訴說自己真正的血統與身世？露露也許是，也許不是，勃泥公主／中國寡婦的後裔。即便是追求她的英國殖民官，竟然也有來自西印度群島土著的血統。人種、血緣、宗主、性別想像、殖民反抗與共謀……〈田露露〉有太多話要說，不能算是成功的作品，但青年李永平對自己身分的反思和鬱結盡顯於此。

李永平的反思和鬱悶百無出路，只能在另一篇〈死城〉裡化為暴力和死亡的意識亂流。這篇作品充滿現代主義色彩，抽去時空背景，唯有華裔主人翁陷入一場詭異血腥的暴動。幢幢鬼影，幽冥難分，這是身分與價值崩裂的時刻，也是敘事邏輯混淆解放的時刻。然而李永平對這種不請自來的魅惑，有著不能自主的好奇。在《吉陵春秋》、《海東青》與《大河盡頭》都有更深刻的表現。

《婆羅洲之子》與《拉子婦》雖是少作，但李永平一生辯證華夷關係、雕琢文字意象，還有尋找女孩作為永恆繆斯的嘗試，都已歷歷在目。薩伊德（Edward Said，一九三五—二〇〇三）論及作家與藝術家的《晚期風格》（*On Late Style: Music and Literature Against the Grain, 2007*）時，認為來到生命盡頭的藝術家和作家，每每不復盛年的嚴謹與魄力，而顯現創痕處處、甚至偏執拮据的傾向。然而他們的老辣與焦灼反而形成另類風格，不容錯過。李永平的創作軌跡似乎反其道而行，他的成長經驗如此複雜，讓他一下筆就是糾結纏繞，而且隨著寫作經驗的深化，變本加厲。《吉陵春秋》寫性與暴力的罪與罰，《海東青》寫洛麗塔式女孩童貞的墮落，《大河盡頭》寫少年欲望啟蒙，無不如此。反而到了晚期，李永平彷彿才找到解脫之道。《朱鴒書》描寫被男性白人殖民者褻瀆的亞裔少女在婆羅洲的絕地大反攻，猶如成人版童話。《新俠女圖》則終於回到他的古典中原夢土，訴說俠女的快意恩仇。李永平的題材也許依然沉重，但他的敘事淩空飛躍歷史和地理，展現神話力量。

李永平所思考、銘刻的話題，多少年後才有後殖民主義者、華語語系學者、帝國批判者等，憑著後見之明做出詮釋。但又有多少論述能夠說出李永平那早熟的心事？重讀《婆羅洲之子》與《拉子婦》，我們見證李永平作為「婆羅洲之子」的前世今生。少年已識愁滋味，作家的「早期風格」仍然有待我們的細細體會。

王德威，美國哈佛大學 Edward C. Henderson 講座教授。

目次

婆羅洲之子

一

暮靄蒼茫，山坡底下響著一陣陣的鼓聲。

每當長屋舉行祭典的那一天，我總愛在黃昏時坐在山坡上，傾聽那從坡底飄來急激的、緊湊的鼓聲，一直到天色完全入黑了。這一個黃昏，我沒有等到天色入黑，很早便下了山坡。我記起杜亞魯馬[1]吩咐過我，在天色入黑前去見他。

一路上，我總想不起杜亞魯馬為什麼要我去見他。但杜亞魯馬的召見，總是一件榮幸的事。我便興奮地踏上長屋盡頭的木梯子，穿過登步安[2]，然後規規矩矩地站在杜亞魯馬的房門外，恭敬地喚了一聲：

「杜亞魯馬！」

「是大祿士嗎？進來。」裡面傳出了杜亞魯馬的聲音。我謹慎地推開房門走進去。

房裡還沒有上燈，只有幾線金黃的陽光經過後面的廚房射進來。整個房間頗暗，但那四壁的裝飾，使我的眼睛亮起來。我平日總愛在經過這個房間的時候，趁著房門半掩，盡量向房裡多看幾眼。杜亞魯馬房裡有他祖先傳下來的巴冷、盾牌、獸皮，還有許多木頭雕刻的奇奇怪怪的東西。

杜亞魯馬盤足坐在席上。我一眼看見他手裡端著一杯都鴨[3]，便討好地說：

「杜亞魯馬，您在飲都鴨嗎？」

---

1 杜亞魯馬（Tuai-rumah）：長屋之首領，即屋長。
2 登步安（tempuan）：長屋裡的長廊。
3 都鴨：一種達雅米酒。

杜亞魯馬笑笑地把杯裡的都鴨乾了，然後把那杯子在身旁的矮矮的竹桌上一擱，將手在嘴唇上抹了一下，招呼我坐下，然後簡單地說：

「大祿士，今夜是你做我的幫手。」

我明白他的意思，但這突如其來的差使把我略略地怔了一下。

杜亞魯馬又揮揮手說：「現在你先到外面去，待會天黑時再來。」

我應了一聲，站起身來，依依不捨地把眼睛在壁上溜了幾眼，才走出去。在門前，我險些跟迎面而來的人撞個滿懷，幸而那人閃得快。我定睛一看，原來是杜亞魯馬的妻子，便一壁笑笑地招呼了一聲，一壁把眼光停留在她手上拏著的幾樣東西上。

「見過這樣子的祭典罷？」她滿面笑容，和藹地說道。長屋裡的人都敬愛她，她的笑容真叫人感到如一抹輕風。

我搖搖頭，陪笑地說：「沒有。」

她大笑起來了。「怎麼了？你們孩子的記性都不很好？你六歲的時候就曾有過一次，這是你爹的獵槍作祟呢！」

我立刻記起了我爹那桿塗滿了雞的鮮血的槍。我把杜亞魯馬的妻子手裡的兩隻雞和兩枚雞蛋看了一眼，傷感地說：「那是很久以前的事了。」我的父親就在他的中了邪的槍祭過之後的第三天黃昏，被人發現倒斃在樹林裡。他是怎麼死的，還有誰殺了他，長屋裡的人，包括我的母親，都把它當作祕密，沒有人肯告訴我。

杜亞魯馬的妻子笑笑地勸慰我說：「那些事不去想它也罷。」我醒覺地應了一聲，發現她的背影已經消失在門裡，便悶悶地穿過登步安，走進丹柱[4]。一桿雙管獵槍立刻映入了我的眼簾，那槍管在夕暉下閃著金黃色的光芒。它被擱在丹柱前面的一張竹桌上。這模樣的獵槍，長屋裡只有兩桿，另一桿就是杜亞魯馬的。

姆丁靜靜地站在旁邊，望著他的槍。我輕輕地走上前，在他的肩膀上重重一拍，然後看著他那張惱怒的臉龐，噗嗤地一笑，說：

「姆丁，愁些什麼？愁女孩子怕了你嗎？」

「混帳東西！」姆丁微紅了臉，顯出啼笑皆非的樣子，他狠狠地把我推了一把。

---

4 丹柱（tanju）：長屋的露台。

我忍住笑，一本正經地問道：

「姆丁，怎麼你竟會干納[5]到這樣倒運的事情來？」

姆丁立刻蹙起了眉心，愁悶地說：「我也不曉得。天知道，我的子彈明明射在那頭鹿的身上，怎麼突然變了黑黑的一塊石頭？」

「你的眼睛花了。」我說。

姆丁急了：「那明明是鹿，一頭八十卡地[6]的鹿……」

「好了！好了！別緊張了！」我笑著制止了他。我想把杜亞魯馬要我在今晚的祭典做他的助手的事告訴他，但立刻我按住了。我想，大家在今夜看見我隨著杜亞魯馬走進丹柱時，一定會感到很驚奇的。

「那畢竟是光榮的差使，」我想，「阿瑪一定也會高興的。」我不覺笑了。

「笑什麼？」姆丁驚訝地問道。

「笑你眼睛花了！」我說了，也不去看他惱怒的神態，便走開了。我曾聽人家說，姆丁也喜歡阿瑪，所以，我不想把我所想的告訴他。

母親知道杜亞魯馬要我做他的助手，也感到很高興。在晚飯時，她慈愛地把她那一份的兩枚熟蛋給我，我拗她不過，便要了一枚。那真是吃在口裡甜在心裡呵！

晚飯後，天剛入黑，我便到杜亞魯馬的房間去。房裡點了兩盞土油燈，但燈光不很明亮，映著牆上的巴冷、盾牌和獸皮，有一種神祕的氣氛，跟黃昏時的光景，頗有些不同。我不覺凜然了。

「杜亞魯馬，我來了。」我恭敬地說。

杜亞魯馬正把那一頂插滿長長的鳥翎的帽子套在頭上。他身上的服飾已經穿上了，那熊皮的披肩很惹人注目。在我的記憶中，他並不常這麼整齊地裝扮，只在大日子的時候才見得到。我想，這是他身為杜亞魯馬以來的第一次獵槍祭典，不免要莊重些。

「大祿士，你來得正好。」杜亞魯馬滿意地說。

我在席上坐了下來。

---

5 干納（Kena）：遭遇。

6 卡地（Kati）：斤。

杜亞魯馬斟了兩杯都鴨，給了我一杯。我有點受寵若驚的感覺，雙手把它接過了。我很愛這種酒，很醇很濃。我記得有一次的孟香本當[7]，杜亞魯馬從鎮上托人帶回來兩瓶外國酒，彷彿叫作勃蘭地什麼的。杜亞魯馬要我為他做了些事情，然後很鄭重其事地賞給我小半杯。這是我第一次嘗外國酒的味道。我謹慎地、不留一滴的把它喝了，心裡卻不免呼起冤來。什麼頭等外國酒！多少張鈔票一瓶的東西竟不過如此！那時，杜亞魯馬問我有什麼味道，我含含糊糊地說：「很清。」杜亞魯馬聽了卻大笑起來，彷彿譏諷什麼的，我也不理它，我寧願飲自家又醇又濃的都鴨。

我仔細地喝完我的都鴨。杜亞魯馬看我一眼，忽然訕笑地對我說：「青年人果然不懂得飲都鴨，你且看我怎麼飲。」原來他老人家半杯都鴨都還沒完哩。這時，他一小口一小口地把杯裡的都鴨仔細地傾入口中，但並不立刻吞下，他讓它在口腔裡徘徊一陣，然後才慢慢讓它流進喉嚨裡去。

杜亞魯馬彷彿看出我的豔羨的樣子，便慷概地再給了我一杯。這一次，我覺得是我有生以來花最多時間去飲一杯都鴨！我一邊飲著，一邊謹慎地聆聽著杜亞魯馬的指示。待一杯都鴨完了，杜亞魯馬也站了起來。於是，我便遵照著他的指示，在房角拏起了那兩隻綁了雙足的活雞，還有兩枚雞蛋，隨著杜亞魯馬走出房門。那兩隻東西倒還靜靜地讓我拏著。我最擔心的是走進丹柱的剎那，那雞看到那樣多人，會拚命地叫起來。但牠們總算沒有當場給我好看。

我們踏進了丹柱，便立刻感覺到整個丹柱剎那間完全靜寂下來。人們的眼光完全集中在主祭和他的助手身上。我感到一陣驕傲，便用眼睛去搜索阿瑪的身影，想看她高興的樣子。

只不過我們出現的一剎那，一個蒼老的聲音便瘋也似地衝著我們喊起來：「不行！杜亞魯馬，不行！」

丹柱上的人們立刻起了一陣騷動。我看見了阿瑪，她倚在父親的身邊。她的父親就是剛才大聲喊起來的利布。杜亞魯馬迅速地把臉一沉，向大家掃了一眼，待大家靜了下來，他才冷然問道：

7 孟香本當：達雅最大節日「哈里高歪」的前夕。

「利布，什麼不行？」

那老頭子依舊嚷著說：「不行！杜亞魯馬！不行！他——他不行！」他終於把指頭指向我。

我感到一陣不快，便高聲叫道：「利布，你太欺人了！你不甘願嗎？你在妒忌嗎？你怨杜亞魯馬不叫你那寶貝兒子嗎？」

忽然我注意到阿瑪焦急地看著我，我便壓下怒火。我以為杜亞魯馬也不會去理會利布的。誰知杜亞魯馬卻大步上前，沉聲對利布說：

「利布，你老糊塗了嗎？大祿士怎麼不行？」

我有點急了，心裡怨著杜亞魯馬多事。不想我第一次威風，就被人家做了好看。耳邊只聽得利布急躁地說：

「杜亞魯馬，大祿士不是我們的人，他是半個支那[8]，他會激怒神的！」

我立刻感到極嚴重的侮辱。我把手上的雞和蛋要身邊的一個後生拏了，然後大步上前，一字一字地對他說：「利布，我和你斬雞！」

人們立刻興奮起來。

利布的臉色一陣灰敗。我搶進一步，狠狠地對他說：「利布，聽見嗎？我要和你斬雞！你侮辱了我，你侮辱了我母親，你侮辱了我死去的父親！你侮辱我的先人！我要和你斬雞！……」

「大祿士！」阿瑪哀聲喚了一聲，打斷我的話。她哀求地說：「大祿士，你不要這樣兇，爸爸是說著玩的。爸爸，你說是嗎？」她把頭一偏，把手搖撼著父親的肩膀，哀求道：「爸爸，告訴他們，你是說著玩的。大祿士不是半個支那，他是我們的人！」

利布居然無動於衷，我忽然感到我切齒地痛恨他！這老傢伙！利布忽然暴躁地摔脫女兒攀在他肩膀上的手，苛責她：

「阿瑪，沒妳的事！」

我忍不住大聲說：「利布，你不敢和我斬雞嗎？」

人們興奮地騷動起來。我感到一陣報復後的痛快。杜亞魯馬憤怒地揮著臂膀，企

8 半個支那：支那，即土語「華人」；半個支那，即華人與土著之混種。

圖鎮壓人們的情緒。他沉默了一會，終於沉聲說：

「利布，是真的嗎？怎麼我一直都不知道？」

我非常的不快，心裡頭埋怨著杜亞魯馬。

利布灰黯的臉上，現出了沮喪的神色。「這事只有我和他母親和魯幹曉得。」他無力地說。

我開始感到不妙，心頭怦然跳動，連忙求助地看著杜亞魯馬。

杜亞魯馬的臉上，現出了迷惑的神色。「魯幹？他不是大祿士的爹嗎？他死去好久了。」

「魯幹不是大祿士的親爹。」利布嘆了一口氣。

他的這一句話，狠狠地打在我的心坎上。我的眼睛定在他的臉龐上，耳邊彷彿只聽見阿瑪的哀喚。我恐懼地移開我的眼光，看看莊嚴的杜亞魯馬，又看我的母親。可憐她垂著頭，畏縮地躲在婦女堆中。我忽然感到整個丹柱鬼域般的死寂一片，一陣恐怖的感覺向我襲來，我禁不住衝口瘋狂地叫喊起來：

「怎麼你們都不說話？你們說呀！說呀！說利布老龜子誣我！天呀！你們都是利

布的幫兇，你們都誣我！媽媽！怎麼妳也不說一句話？妳說呀！說魯幹是我的親爹，說利布老龜子破壞妳的名節！天哪！怎麼沒有一個人出聲……」

一隻手驀然搭在我的肩膀上，重重地一按。我順手一拳，「蓬」的一聲，打在那人的胸脯上。我的神智立刻清醒了許多，定睛一看，原是杜亞魯馬！他面無表情地看著我，斬釘截鐵地說：

「大祿士，這是神的意旨，我們不能違背。」

我感到鼻子一酸，連忙強制著不讓眼淚迸出來，嗚咽地說：「杜亞魯馬，你也相信利布嗎？他誣我，神不能寬恕他。」

杜亞魯馬嘆了一口氣，溫和地說：「大祿士，陪你的母親去，你看，她很辛苦。」

我茫然地點頭，默默地走向我的母親，攙著她那在顫抖著的身軀。人們毫不放鬆地把他們的銳利的眼光射向我們母子兩個，並且在熱心的議論。蘭地布那婦人的聲音很大，我無意中把她的議論捕捉了幾句：

「……啊啊！大祿士的娘是個好人，不想竟會干納到這種不好的事情，利布這老頭子也太不積德了，說什麼也不好在那麼多人面前揭人家的底，你叫人家把臉藏到哪兒去呀？……啊，半個支那，多可憐！……」

我的鼻子不斷地發著酸，只想放聲大哭。但是，我已經是十八歲的青年了，我沒有讓眼淚迸出來。我呆呆地看著杜亞魯馬和利布，也看著阿瑪。阿瑪也看著我，在迷濛的月光下，我看不見她的表情，只看見兩顆眼珠在月光下閃爍著。一股莫明的滋味從我心底升起，直衝我的鼻端，我的鼻子又酸了。

利布呆呆地望著丹柱外，忽然，他哀求地對杜亞魯馬說：「杜亞魯馬，我是不得已的。我真怕他會激怒了神。」

大家都把眼光移向丹柱外面，只見大地一片黑暗，只有那黑沉沉的石山鎮壓在遙遠的、無人到過的平原那邊。住在我們這座長屋的人們相信，那邊的人激怒了神，神便降下了那座石山，把他們都鎮壓住了。

杜亞魯馬只略略掃了丹柱外面一眼，也不說什麼，便把頭掉回來。他看了眾人一眼，平靜地說：

「蘭達奴，你來！」

那蘭達奴就是剛才替我拏祭品的後生。

月亮不知什麼時候避進了雲堆裡。我只覺得這時的丹柱比往日忽然暗了許多。一陣風無聲無息地吹過丹柱，人們不覺毛骨悚然。

整個丹柱被一種神祕的氣氛籠罩了，中間迷漫著一種扣人心弦的緊張空氣。眾人都不自覺地張著嘴巴，把眼光定在祭桌上。

祭桌上，油燈的金黃色的燈光搖曳著，映在杜亞魯馬的莊嚴的臉龐上，泛現著凜然的光彩——那是神祕的光彩！我們相信，只有長屋的首領才有這樣懾人心魄的光彩。杜亞魯馬虔誠地站在竹桌前，他的嘴唇不斷地顫動。我們知道他用一種神祕的言語向神祈禱。姆丁的雙管獵槍依舊森然地擱在竹桌上，槍管在燈光下，依舊像黃昏時閃爍著金黃色的光芒。我忽然感到，杜亞魯馬臉龐上的光彩和槍管上的光芒異樣的調和，互相輝映。

杜亞魯馬的嘴唇停止了顫動，他平靜地說出一句話：「蘭達奴，拏來。」

蘭達奴立刻明白他的意思，迅速地把一隻活雞獻上。那雞忽然掙扎起來，拚命地拍著翅膀。杜亞魯馬把牠接過。人們只聽得「刮呃——」的一聲尖叫，眼睛便立刻看見鮮血四濺。

我忽然感到一陣恐怖。「那是雞底鮮紅的血！那是塗在我父親的獵槍管上的鮮血！」我在心裡狂叫，驚恐地把眼皮闔上。「魯幹不是大祿士的親爹。」利布無力的聲音忽然又在我心裡頭閃過。我睜開了眼睛，心裡有一種嗒然若失的感覺，下意識地把利布看了一眼，忽然又看看阿瑪。她微張著小嘴，出神地看著祭典的進行，眼角依稀還遺留著淚痕。

姆丁的槍已經變成一桿血槍。

第一隻雞的頸項被扭斷了，雞血被抹在槍管上。雞的鮮血是邪物的剋星，我想姆丁這時定然安下心了。我看他時，他竟呆呆的沒有什麼表情。

杜亞魯馬滿意地看了槍管幾眼，然後，平靜地說：「蘭達奴，拏來。」

第二隻雞立刻被獻上，牠沒有掙扎，任人擺布。

人們經過了第一次，第二次也不覺得那麼可怕了。

「媽媽，我害怕。」一個孩子的顫抖的聲音，忽然在寂靜中響起來。

人們立刻不滿地帶著責備的眼光掃了那孩子一眼。做母親的便連忙把孩子哄著，把他拉得更緊，讓孩子緊緊地抱著她的大腿，然後又緊張地注視著祭典的進行。我看著這個母親的動作，一時竟不覺呆了。

驀然，「卜」的一聲響，我醒覺地把眼光注視到祭桌上。

杜亞魯馬把那在槍管上敲破的雞蛋的蛋白和蛋黃一齊抹在血槍上。祭典前杜亞魯馬告訴我，兩枚雞蛋的蛋黃蛋白抹在血槍上後，祭典便告結束。

「孩子，我很疲倦，你扶我回房裡去罷。」母親忽然在我耳邊說道。聲音顯得非常軟弱。

我吃了一驚，焦急地問道：「媽，妳怎麼啦？」

在金黃色的燈光下，母親的臉色卻顯得異樣的蒼白，汗珠不斷地從髮腳淌下。

「我沒什麼，我躺一躺就會好的。」母親很牽強地笑了笑，說。

我便悄悄地扶著母親離開丹柱。我發覺母親的腳步忽然蹣跚了許多。

登步安上靜悄悄的沒有半個人影。

我推開了自家的房門，然後小心地幫助母親躺在席上。我把油燈點亮，藉著微弱的燈光，我再度端詳媽的臉龐。

「媽，妳當真沒什麼嗎？」我不放心地問道。母親的臉色還是那樣的蒼白。

母親緩緩地伸出右手，把它覆蓋在我的掌上，輕輕地揉著。

「傻孩子，媽為什麼要騙你呢？」她笑道。她的笑沒有半點牽強的樣子。我便放下心來。

母親的眼光停留在我的臉龐上，我坦然接受她的眼光。

房裡有一陣子的靜默。

「孩子！」母親忽然低低地喚了一聲。剎那間，她的笑意完全消失了。她把覆蓋在我掌上的手移開，一轉身，臉朝向內，把手掌蒙住臉龐，哀哀地哭起來。

我惶惑地扳著她的肩膀，輕輕地搖撼著，焦急地問道：

「媽！怎麼啦？怎麼啦？媽！」

媽收了眼淚，翻過身，看看我，忽然低低地嘆了一口氣，說：

「孩子，我害苦了你。」

我哀求地喚了一聲：「媽！」

「孩子，你怨你娘嗎？」母親低低地問道。她呆呆地看著我。

「媽，妳今晚怎麼啦？」我開始擔心起來。

母親彷彿沒聽見我的話。她恨恨地說：「都是你那狼心狗肺的爹！」

這句話打在我的心上。利布在丹柱上說的無力的話「魯幹不是大祿士的親爹」，立刻又在我心裡響過。祭典那種使人暫時渾忘一切的緊張氣氛消失了。我不禁恐怖地喚了一聲：「媽！」然後立刻問道：

「我真的是半個支那嗎？」

我緊張地注視著母親的臉龐。

「利布的話是真的。」母親無力地說，眼皮垂了下來。

我終於忍不住絕望地哭了。

母親撫摸著我的頭髮，低低地說：「大祿士，媽害苦了你。」

母親的撫愛，越發使我的感情激動。我不顧一切地放聲哭了。

房外傳來一陣騷亂的聲音，像諷刺般地鑽進我的耳裡。我使氣地站起來，重重地把門掩上。然後，我茫然地站在那裡。耳邊彷彿聽見母親自語地說：「祭典結束了。」

騷亂的聲音，漸漸地靜止了下來。

我忽然感到眼角一陣冷溼，便撩起「絲拉」[9]的一角，在眼睛上擦著。然後，我在席上頹然地坐了下來，把眼光固定在「卡章」牆上，上面有我的異常龐大的影子。我有了一個念頭，毅然問道：

「媽，告訴我，我的親生的爸爸是誰？」

母親像被我這個突如其來的要求怔住了。她彷彿有點窘迫。半晌，她緩緩地說：

「他不在這裡，他在一個很遠很遠的地方。」

「他在支那的唐山是嗎？」我忽然一陣激動，便輕輕地接了一口。

母親頗感驚訝地看了我一眼，點點頭。

「我怎麼會到這裡來？」我問道。眼光依然固定在「卡章」牆上。

母親輕輕地嘆了一口氣，困難地牽動嘴角。

「你親爹原來是在我們這地方開鋪子的，人家都稱呼他『頭家』。在這邊沒兒沒女，後來我才知道他的妻子在他們的唐山。那時候，咱們家景況不好，你外公便把我領到他的鋪子裡去，央他讓我幫他洗衣煮飯什麼的。每個月你外公問他拏錢，拏多少，我沒問過，所以一直不知道。後來，我糊裡糊塗和他做了夫妻，不久以後便生下了你。你那沒良心的爹在你剛滿一歲的時候，便賣掉他的鋪子，狠心拋下我們母子倆，回他的唐山去了。總算他還顧念到一番夫妻恩情，便給了店裡的長工魯幹一筆錢，要他照顧我們母子。魯幹是個好人，他把我們母子帶回長屋。人們只知道我跟他是夫妻兩個，那可惡的利布不知哪兒打聽來的。」

我默默地傾聽母親的細訴，神智彷彿模糊了。迷濛的眼睛，彷彿看到母親的眼角閃著淚光。

二

母親整整兩天沒有出過房門。黃昏時，她要我去瞧瞧自家的母雞是否曾下了蛋。

我走入了長屋底下，在自家的雞窩裡面找到了兩枚蛋，便踏上梯子走上屋子去。

9 絲拉（Sirat）：達雅男子用以裹著下身的一塊長長的布。

剛上了梯子的一半，猛聽得後面一個人大聲說：

「喂！大祿士，你手上的東西到底是從哪裡弄來的？」

我略略偏了頭，看見山峇把手扠在腰間，臉上盡是揶揄的笑，看著我。我打算不去理他。

山峇忽然「呸」一聲，自言自語地說：「半個支那！」

我立刻再回過頭，站定了。

山峇帶著一點吃驚的樣子。他忽然低下頭，玩弄著那攀著梯邊的野胡姬，自言自語地說：

「半個支那！」

緊跟著四面飄來了幾聲長笑。我立刻感到臉上一陣發燒。我沒有經過考慮，便把手上的一個蛋使勁向山峇的臉門丟去。「樸」的一聲，那個蛋在他的額上破了，蛋黃混著蛋白從他那平坦的額上流下。

山峇把手在臉上狠狠一抹，驀地一吼，便縱身跳上梯子。

「山峇，你別鬧！」阿瑪突然出現在梯口，她制止了山峇的進一步舉動。然後她微微俯著身，責備地對她的弟弟說：

「山峇，你總愛胡鬧，當心爹給你吃棍子。」

我在阿瑪說話的時候，便注意到有些人把鄙夷的眼光投向我。我忽然感到受了山峇的侮辱，急急地踏上幾級，在阿瑪和其他閒人的身邊擦過去。我聽到人們對我發出不滿的批評和嘲笑。

門虛掩著，我一掌將它拍開，看見「叔叔」干尼蹲在席上，跟母親談著話。我忽然感到一陣莫名的羞愧，我沒有招呼我的這位「叔叔」。他是魯幹的弟弟。媽和干尼仰起頭來，驚訝地看我。我避開了他們的眼光，重重地走到廚房去，耳邊彷彿聽到母親難堪的嘆息。

「媽，這裡頭怎有兩對蛋？」我看見灶旁放著四枚雞蛋，便高聲問道。

「是你叔叔送來的。」

我聽見母親口中說出「叔叔」這字眼，心裡很難堪。但我不願對母親或干尼說些什麼，因為我曉得自從魯幹死後，干尼對我們母子的照顧，委實太多了。在長屋裡，就只有干尼一家算是我們的親人。母親那一族卻是住在山外的那座長屋，來往未免也疏了。前天干尼帶著他的妻子兒女到他岳父那裡，遇上了風雨，當天趕不及回來，沒有參加姆丁的獵槍祭典，否則，他一定不會讓我受那麼大的委屈的。

我默默地把煮熟的蛋送到母親的跟前。

干尼已經去了，我忽然有點後悔對他冷落起來。

母親把我的臉龐看著，忽然柔聲問道：「大祿士，他們欺負你嗎？」

「我才不怕他們！」我使氣地應了一聲。才說完，就覺得忍不住，便暴發地大聲說：「媽，為什麼？為什麼他們這般討厭我？媽，為什麼？為什麼？難道就因為我的爸爸是支那嗎？」

母親垂著頭，沒有回答我，我衝動地把拳頭重重地在樓板上一擊，恨恨地說：

「利布！你好！都是你老龜子一句話！」

說完，我霍地站起來。

「大祿士，你想做什麼？」母親急忙叫道。

我使氣地應道：「我想找他們打架！」

母親困難地撐著上身，她的眼圈一紅，嗚咽道：「大祿士，都是我這個做娘的害苦了你。大祿士，你要找他們打架，就打我罷。大祿士，你不要恨他們，你不曉得的。」她哼了一把鼻涕，又加上了一句：

「我是曉得的。」

我像胸脯被對方突然戳了一刀的鬥雞，沮喪地站在那裡發愣。

母親揀了一枚熟蛋，遞給我。我感到一陣辛酸，便順從地把它接過，放在掌中，輕輕地撫著，讓那熱氣從手掌流到我底心中。半晌，我蹲了下來，把手中的熱蛋放在母親的身邊，說道：

「媽，妳吃罷。」

我站了起來，向門外走去，耳邊還聽見母親說：

「大祿士，不要生事呀！」

夕陽照在丹柱上，長長的丹柱到處曬著穀。

長屋外面，四處青草莽莽，一片蒼涼之感，湧上了心頭。心想，這兩天來，長屋的光景，委實有些不同了。只因我是半個支那，我的母親是半個支那的母親！

我忽然明白，媽這兩天來為什麼不出房門。我並不擔憂她的健康，實際上，舉行祭典的那晚，她曾一度暈眩，但第二天卻完全好了。杜亞魯馬在今天早晨曾建議作法為母親驅邪，母親婉拒了。她婉轉地解釋自己並沒有給病魔纏著，只是人老了，精神頗有些不濟，便多躺了兩天。

屋裡走出了一個年輕的婦人，手裡拏著一個大簍子。她遠遠地看了我一下，那神情彷彿很是踟躕。我有些迷惑了，那兩道目光竟像在戒備些什麼。

看來她是要收穀罷。果然，她垂著頭，走到我的附近，便俯著身，也不發一言，就把那曬著穀子的草席的兩邊拉攏起來，穀子便集中在席子中央，然後便將穀子傾入大簍子裡。

她一直默默地做著活，平日她總愛說話的。我忍不住，便含笑問她道：

「西帶，今年穀子收成好嗎？」

西帶吃驚地抬起頭來，我發覺她的臉龐紅了一下。她笑了一下，點點頭，便又垂下頭做她的活。她的笑太牽強了。我感到很尷尬，便踱了開去。

想了一回，我苦笑地對自己說：「或許是我已經變作半個支那罷。」

那與其說是自嘲，毋寧說是自傷。

「阿瑪會怎麼樣呢？」我不禁問自己。立刻我便對自己說：「阿瑪不會的，她兩天來對我還是和從前一樣的。」

我煩躁地在丹柱上踱著。

「大祿士！」一個女人輕柔地喚了一聲。

我吃驚地回過頭，看見阿瑪笑吟吟地瞧著我，便含笑地招呼了她。

「大祿士，山峇很壞，你不要理他。」阿瑪依舊笑吟吟地說。她的聲調更加誠摯。

我不覺怡然地笑了。

她忽然一蹙眉心，憂慮地說：「大祿士，你也別怪我的爸爸好嗎？」

說著，她帶著懇求的神色，看著我。

我實在不知道怎麼去答她。我向四面看了一眼，說：「阿瑪，我們不談這個罷。」然後，我又連忙加上了一句：

「阿瑪，人家會講閒話的。」

阿瑪一揚眉毛，滿不在乎地說：「理他們！我才不怕！」

說著，她走近我的身邊。

我有點手足失措，連忙說：「阿瑪！阿瑪！現在我不同了！我是半個支那，人家會笑話妳的。阿瑪！」

阿瑪怔了一怔，依然蠻不在乎地說：「我不管。」

我感動地喚了一聲：「阿瑪！」然後我壓低了聲音說：「阿瑪，明兒我就要揹羅擔和打馬給頭家去。我給妳帶個銀手鐲可好？」

阿瑪喜悅地笑起來。她連連點頭。

我還想說些什麼，有人走近來了。我便離開了阿瑪。

第二天的黃昏，我把銀手鐲套在阿瑪的手臂上。她喜悅得連連向我道謝。我把她的臉龐看看，忽然，我嘆了一口氣。

阿瑪吃驚地看著我。

我心想，我又想起早先山峇說的「支那不好做朋友，石頭不好做枕頭」這句話來。於是，我無力地對她說：

「阿瑪，我疲倦了，我要回房去。」

「大祿士。」阿瑪柔聲地喚了一聲。

我掉回頭去看她，她不放心地看著我。

我勉強地笑道：「我不妨事。」然後，自語地說：「今天委實走了太長的路。」

我走了幾步，忍不住再掉回頭看她。只見她把一隻掌兒搭在另一隻手腕上，輕輕地撫摸著那套在腕上的銀手鐲，眼睛看著我。

推開了房門，我軟弱地倒在席上。

廚房裡傳來了母親燒菜的聲響。我闔上了眼皮，想靜靜地躺一回。可是，腦子裡盡想著頭家舖裡的事。我便索性再把它仔細回想一下。

頭家開著一間很大的舖子，我們的東西總是揹給他的。

其實，頭家的舖子並不遠，就在我們長屋的附近。徒步走下大約一個鐘頭路程便到了。那邊有好幾戶支那農家，他們種植一種叫「胡椒」的植物。說起來，我們這座長屋的人們還算運氣。聽他們說，有些長屋的人們揹東西給頭家，要走上整天的路程呢，那路又是崎嶇不好走的。

我在十歲那一年，第一次被魯幹帶到頭家的舖子裡去。自此以後，在我的印象中，頭家對揹東西給他的人總是笑容滿面，很慇懃的，並且慇懃得使揹東西給他的人有點感到不安。

我們拘謹地坐在一邊，不很自在地喝著頭家的咖啡烏。

頭家的伙計有好些個，他竟都讓他們閒著，自己倒動手秤我們揹來的恩加邦[10]來。頭家剛剛把秤頭上的鐵鉤往盛著恩加邦的痲袋勾下去，我們便聽見舖後的房間衝出了一陣又哭又鬧的聲音。聽那聲音分明是頭家的老婆姑納，她原是我們長屋裡達干的女孩子，三年以前給頭家娶去做老婆。

頭家皺著眉頭，很不耐煩的樣子，抬頭向後面看了幾眼，神情甚是窘惱。我想，他大概想要放下秤桿，到後邊去講他女人幾句罷。可是，很快的，他便像下決心不去理他的女人似的，又垂下了頭，使用著他的秤，嘴裡咕嚕地自言自語罵起來。

誰知道姑納哭鬧得更響亮了，還雜著一些不堪入耳的粗話。頭家彷彿激怒起來，抓起那十幾斤重的秤錘就使勁丟到後邊去。房裡的女人立刻尖叫一聲：

「你老鬼要殺死我呀？」

緊緊地跟著，那個秤錘又飛了出來。

我們幾個人連忙做好做歹勸住頭家。那些伙計竟然毫不在意，一派悠閒的樣子。我忽然感覺到自己做了一次傻瓜，面孔不禁臊熱起來，便立刻退出了勸解的圈子。

頭家倒很快地息了怒，不過他嘴邊還喃喃地在不三不四罵著。他女人的哭鬧聲也靜止了下來。

我忽然對這一場吵架感到莫名其妙起來。

我看著頭家躬著腰，把那個秤錘從地面上拾起來。霎時間，心裡起了一種說不出的感覺。我呆呆地看著他，這中年的支那人。

頭家把那個秤錘從容地套在秤桿上，拉達伊那老頭忽然上前，恭謹地對頭家說：

「頭家，您看看，好像你的秤錘攪錯了。」

我們這才注意到這一個秤錘比頭家先前丟進後房的一個要大好多。

頭家的臉色立刻紅了一下，他躬著身把那秤錘拏在手裡看了又看，嘴裡喃喃地說

10 恩加邦（engkabang）：樹枳、婆羅洲土產。

著：「我做生意最老實，來番幾十個年頭，從不曾給人家嫌過半句什麼的。」

我又呆呆地把他看著，心裡頭那股說不出的感覺更加濃厚。我忍不住也偏頭看看自己臂上的肌膚，又低下頭看看自己身上和雙腿的肌膚，我實在看不出自己有和頭家相同的地方。我又看看那些支那伙計，忽然我注意到有一個伙計的肌膚和我的完全一樣。那伙計恰好轉過身來，不期然我們的視線接觸了，我立刻垂下了頭，心靈卻受了驚撼！我是半個支那，我的肌膚和那個支那伙計的肌膚完全一樣。

山峇忽然冷笑一聲，我轉過頭去看頭家，只見頭家變了臉色，把手上的秤錘重重地放下。站直身體，把山峇狠狠地看了一下，忽然移動腳步重重地走到舖後那個房裡去。

我把頭家的表情神態看在眼裡，心裡很不自在，我直覺到他的表情是可笑的，那模樣簡直像個小丑！

頭家走不上幾步，山峇又冷笑了一下，他偏過頭來看了我一眼。

我忽然感到一陣羞辱，往日我會喜歡看頭家的可笑表情，此刻那可笑的表情卻不知怎的像刺著我的心一樣，它也使我感到羞辱。我心裡頭竟忍不住希望頭家威風起來，好煞一煞山峇的得意，也替我出點氣。想著，我不覺心裡苦笑了一下，問問自己：

「我怎麼啦？我想得多可笑！」

就在這時，後邊房裡衝出了又打又罵，又哭又鬧的聲音。

我抓住了頭家的幾句咒罵，那是罵得特別響亮的：

「妳媽的！死拉子[11]婆！妳要害死我呀？妳未出世，我魏某人就來了番，幾時給人家閒話過？妳吃了生人膽呀！竟敢把秤錘換了丟出來，害我蒙了不白的冤枉呀！好傢伙！……妳不要以為『拉子』都是傻仔呀！他們比我們唐人都聰明……」

後面那句話，竟是衝著我們來。我悄悄地看了拉達伊一眼，只見他尷尬地坐在長板凳上，那神情直像坐在木柴堆上，渾身不安。

我懂得一點支那人的客家話。母親說，我的親父親就是支那的客家人。

頭家發起威風來了，山峇的得意彷彿也被煞了一煞，我卻感到一陣難受。姑納的

11 拉子：東馬華人稱呼達雅足的一種歧視性詞彙。

淒泣和哀叫混在頭家的咒罵斥喝和拳打腳踢的聲音裡，擾亂了我的心思。

山峇向我瞟了一眼，我屈服地避開他的眼光，卻不期然又與那肌膚和我一樣的支那伙計的眼光碰個正著。那支那伙計冷冷地別過臉去，臉上盡是鄙夷的神情。我立刻感到臉上一陣臊熱，一種混亂的感覺啃齧著我的心頭。我忍不住自卑、自傷和自暴自棄起來。

陡然間，我感到在這舖子裡，這兩股人中間，我是個徬徨的孤兒。是為兩股人所鄙棄的孤兒、所不接受的孤兒呵！

我忍不住想立刻回到長屋裡去，伏在母親的懷裡大哭一場。

頭家的聲音忽然靜止了下來。跟著，頭家板著臉孔從後面出來。他的手裡拏著那個原先他丟到後邊去的秤錘子。

那一張滿是汗水的臉孔通紅，卻有幾根青筋暴露其間。我只看了他一眼，便連忙垂下頭去。然而，頭家正眼也沒瞧上我們一眼，便把手上的秤錘重重地放在地板上，卻不再動手秤我們的東西。他把伙計叫來做這件事，自己坐在那張大檯子的後邊的大籐椅子裡，好像還在發著脾氣哩。

這個罪可受得夠了。我們坐在長板凳上，幾乎不敢動彈。伙計熟練地秤著恩加邦，舖子裡一直靜靜的，姑納的淒泣也沒有了。這一段時間並不長，但我想得很多，卻一點頭緒也沒有。有之，就是更深的自卑、自傷和自暴自棄而已。

結束了買賣，已是晌午時分。大家也沒了到處逛逛的興致，怏怏地踏上歸程。我們一前一後地走著，我走在最後，拉達伊在我的前面，山峇走在最前。天氣很晴朗，路上乾燥好走，但那空氣好像很悶人似的，大家好久沒有作聲。涉過小溪，再過去不遠就回到家了。姆丁忽然說：

「姑納也真可惡，把人家的秤錘都換了。要不是拉達伊眼明手快，頭家果真要攪錯哪！」

拉達伊頹喪地嘆了一口氣，仰望著長空，憂鬱地說：

「你們還年輕，很多事你們不懂。姆丁，你真以為姑納自家把秤錘換了嗎？」

「怎麼不是？」姆丁回過頭來，驚訝地反問。

拉達伊忽然笑起來。可是，他很快就不笑了。

「我吃的鹽比你們幾個人吃的米加起來還要多。我告訴你們，你們留心著罷。方才頭家兩公婆相打相罵都是假做的。」

大家不覺驚呼起來。

拉達伊淡淡地笑了笑，說：「姑納是頭家的女人，當然要聽她老公的。他們先『巴商』[12]好了。姑納要生要死是假的，頭家的發火亦是假的。他們要把秤錘給更換了。」

「那他們要換秤錘做什麼呢？」姆丁不解地問道。

「你們不曉得，每一把秤都配好大小一定的錘子，錘子隨便更換不得的。像早先頭家把那小的秤錘換了那大的，依我估計，至少每十斤我們要吃虧給他三斤，那就是說，十斤東西只能秤得七斤。」

拉達伊頓了一頓，又說：「你們想，他們公婆兩個把偌大的秤錘丟來丟去，我們勸解都來不及，哪還會注意到什麼秤錘大秤錘小！」他咧著嘴，笑了一下，神情甚是得意地說：「他卻想不到會落在我老拉達伊的眼裡！」

「呀！他們可真厲害呀！」姆丁驚嘆道。

我的心不覺直沉下去，沉重得使我有點擔當不起。我不知如何說話才好，我把嘴緊閉住了。

「嘿！」山峇忽然冷笑一聲，說：「支那人都是一個樣子，改不了。」

「這可就不對了。」拉達伊立刻接口說，他的聲音甚是嚴肅，「人有好壞，樹有高低，這是一定的。像以前那個在這裡做買賣的，就是好人了。可惜他死了，買賣也就散了。」

我聽了心裡感到一陣快慰和感激。我走上幾步，把一隻手搭在他的肩膀上，偏過頭來，向他喜悅地一笑。

拉達伊奇怪地把我看著。我含笑道：

「老拉達伊，你說得真是。人有好壞，樹有高低。」

姆丁也加進來了，他善意地笑道：「可不是？就說我們長屋裡不也是有些壞蛋

---

12 巴商（Pasang）：布置、裝置。

嗎？」

我們走上了土坡，放目向前方看去，我忽然發覺我們的土地是多麼的遼闊和壯麗！輕風迎面拂來，我的心胸一陣開朗。

拉達伊遙指著山路盡頭處，我們的長屋屹立在那邊。他高聲道：

「喂！青年人！加緊腳步呀！看我老拉達伊一步趕你們一步！」

我們輕快地下了土坡。我信口吟道：

「人有好壞，樹有高低。」

拉達伊忽然喃喃地接了一口：「樹有高低，人有好壞，是了，像支那阿伯就是大好人了。」

我莫名其妙地注視著他。他像沉緬在深思中，喃喃地說：

「支那阿伯如今不知還在否？他的大恩，我猶未報，唉！」

「誰是支那阿伯？」我忍不住問道。

拉達伊依然沉緬在深思中，眼睛直望著深邃的天邊。他緩緩地說：

「那一天的晚上，是的，很晚很晚了，我跟他坐在油燈旁邊，說了很多話。他說，他女人早過世了，自己帶著三個男孩子，大的還只十六歲，小的也只有八歲。在這山裡開荒。他講了許多唐山的事，他講他怎樣被賣豬仔到馬來亞來，又怎樣乘機冒死偷跑到婆羅洲來，流了多少血汗和眼淚呀！聽得我心頭都激動起來。我也告訴他，我的長屋在那裡，我今年三十歲了，娶了一個老婆，還算賢慧，她替我生了兩個男孩、一個女孩，都很活潑聰明。我一次又一次謝他救了我一條命，要不是他，我早就餓死在山裡了，誰叫我在山裡打獵迷了路？我說：『阿伯，你老人家叫什麼呀？好讓我以後報你大恩大德。』他呵呵大笑道：『支那有一句話說：相逢何必曾相識；還有一句話說：施恩不望報。交灣[13]！你就叫我支那阿伯罷！呵呵！』他是多麼豁達爽朗啊！我便『支那阿伯！支那阿伯！』地叫得好不親熱。第二天，他送我出山，以後我再去找支那阿伯，已經找不出路來了！」

拉達伊的臉上顯得異常的柔和，像綻開著一朵幸福的花。我呆呆地看著他，心裡

---

13 交灣（Kawan）：朋友。

頭忽然明白，那是一朵友誼的花呀！充滿人類的溫情和愛。

我不覺怡然了。

「哼哼！支那不好做朋友，石頭不好做枕頭。」山峇忽然大聲哼起來。

像一把刀子驟然插在我的心上，我呆了一下。

一隻烏鴉驀地在我們頭上掠過，發出刮刮的噪聲。

*

「大祿士，什麼地方不舒服嗎？」

母親的話，把我的思潮打斷。我茫然地看她。

母親連忙蹲下來，伸手在我的額上摸了一下，又捏捏我的腳掌，疑惑地說：「涼涼的呀！」

我趕緊說：「我沒什麼！」接著又吁了一口氣：「今天腳走得都痠了。」

說著，我爬起身來，伸了一個懶腰，說聲：「我要洗個澡去！」便把懸在牆上的「絲拉」拏過一條，走出房門去。

黃昏的天空，倒映在溪水中，異常的可愛。

我感到一陣喜悅。向四周掃了一眼。便迅速地把下身的「絲拉」解下，連同手上的一條一股腦兒拋在樹上，縱身躍到溪裡去。

水中不冷，令人感到涼爽愉快。我愉快地激濺和顛躓著，驟然我聽到一陣女孩子的笑聲，連忙把自己沉到水裡去，然後翻轉身子，便看見阿瑪站在水邊，抿著嘴天真地笑著。

「喂！我可是一絲不掛的。」我故意大聲嚷道。

她果然飛紅了臉兒，轉過頭去就走。我看見她手上挽著一件紗籠，便高聲叫道：

「妳也要洗澡嗎？等等，我就好了。」

她停了腳步，一隻手彷彿還抿在嘴邊。

「淘氣的小妮子！」我自語地說了一聲，便迅速地爬上岸，胡亂地擦乾了身子，將絲拉圍在腰下，說聲：「好了。」

阿瑪回過頭來，一隻手果然還抿在嘴邊，臉上依稀帶著紅霞。

我帶著興致地把她那隻抿著嘴的手看著，忽然，我注意到那條手臂上，在我送給她的銀手鐲的前方，套著一個鍍金的銅手鐲。我過去輕輕地把她的手從嘴邊拏下來，端詳著那個鍍金的銅鐲，疑惑地問道：

「這是誰給妳的？怎麼剛才我沒看見？」

她毫不在意地說：「是姆丁給我的。」

我感到一陣不快，把臉一沉，說：「妳怎麼要他的？」

她惶恐地看著我說：「我原也不要，可是後來我看他急死了，才拏了的。」

「阿瑪，妳把它取下還給他。」

「我不能。」阿瑪搖搖頭。

「為什麼？」

「不為什麼。」她依然搖搖頭。忽然她抓住我的手，懇切地說：「大祿士，你不要再瞎想。大祿士，我拏了他的，就當作哥哥給我的。」

我有點慚愧了。

驟然，阿瑪叫了起來：「呀！山峇來了。」

我掉頭過去，果然看見山峇。

他走前來，卻彷彿沒有看見我，直朝著他姊姊說：「爸爸要我把妳手上的那個銀鐲取下來還給人家。」

阿瑪的臉色一陣發青，她搖搖頭。

山峇的口氣忽然淩厲起來：「這是爸爸的話。妳到底還與不還人家？」

「我不還！」阿瑪的眉毛跳動了一下，倔強地說。

山峇也不再說什麼，一把抓住姊姊的手腕，動手要取下銀鐲。阿瑪掙扎著。

我看不過，便在山峇的肩上用力一扳，斥道：「你想欺負你姊姊嗎？」

山峇停下手，望著姊姊，忽然嘿嘿地冷笑道：「妳跟那半個支那去罷！爸爸不是妳的爸爸。」

我呆了一下，看看山峇。一時間，生起了自暴自棄的念頭，大聲說：「阿瑪，我是半個支那，我不配送東西給妳，妳還給我罷！」

阿瑪「哇」地一聲哭起來，她迅速地把銀鐲連同鍍金的銅鐲一齊取下，狠狠地拋在我的跟前，用手蒙著臉，奔走去了。

山峇看了我一眼，彎下腰去拿起那鍍金的銅鐲，也走了。

河邊留下我一個人。

我忽然感到一陣不可抑制的衝動，把那銀鐲狠狠地摔在地上。

三

今天又跟姆丁結伴到頭家的舖子裡去了一趟。

姑納已經被頭家遣回長屋，或者可以說她和那不過兩歲大的女孩子一塊被拋棄了。可巧姑納的父親和哥哥半年前到城市裡尋找他們的運氣去，母親又早已過世，她便獨個兒帶著女兒住在父親留下的房子。房間就在我們隔壁。

黃昏時候，我從頭家的舖子裡回來，母親便要我把一些鹹魚、菜脯之類拿過隔壁房去送給姑納。

我帶著東西走出房門，便看見姑納被兩個閒漢纏在身邊。我停了腳步，站在房門邊，看著他們。

一個閒漢咧開嘴巴，把頭顱湊近姑納的女孩子的小臉，向她調笑道：

「喂！小香！喊我做爸爸。」

那閒漢學著支那人的聲調，把小香的名字喊得怪腔怪調，我感到一陣刺耳。那閒漢還順手在姑納的肩膀上擦了一下。

另一個閒漢也把他的頭顱湊近，嘻皮笑臉，「呸」了一聲道：

「人家的老公是支那頭家，妳有這福氣麼？」

他也順手在姑納的肩膀上擦了一下。

我實在看不過，便咳嗽一聲，走上前去。

那兩個閒漢看了我一眼，便一同嘻笑著走了。

我把那幾樣東西遞過去給她，含笑道：「這是我媽的一點小意思。」

姑納推辭了一會，便謝了又謝，騰出一隻手來接過。

小香在姑納的懷抱裡，天真地向我展開她的笑臉，愉快地揮動小手。我的心驀然被觸動了一下，呆呆地等到她們的影子在房門裡消失，耳邊依稀聽到門閂搭上的聲音。

我不覺嘆了一口氣，心裡說：「又來了一位半個支那！」

我煩悶地回到自家房裡，拿了一條「絲拉」，到溪邊洗澡去。

洗完澡回來，在梯口忽然被一個十四、五歲的大孩子衝著唱道：

「支那不好做老公，石頭不好做枕頭。」

我心裡頭有氣，便責道：「這麼大的人了，還不三不四唱些什麼！」

那孩子叫作打魯。他咧開嘴巴，露出沒有牙齒的缺口，藐視地看了我一眼，忽然低下頭來，玩弄著攀在梯邊的野胡姬，嘴裡忽然自言自語地說：

「半個支那！」

我一把捏住他的手腕，使勁地揮了一下，大聲地叱道：

「你講什麼？」

打魯立刻尖叫了一下，引來了一夥閒漢，剛才調笑姑納母女的那兩個也在裡面。大家立刻七口八舌地問打魯發生了什麼事。

打魯趁機掙脫了我的手，一縱一跳地退後了幾步，他忽然露出狡黠笑容，指著我對那些閒漢說：

「我講他跟姑納這樣這樣。」

他做了幾個粗野的手勢。

「真的嗎？你看見嗎？」那些閒漢連忙追問他。

我喝止已經來不及，打魯居然一本正經道：

「我親眼看見的，我敢斬雞！」

那些閒漢轟笑著散了。

我感到啼笑皆非，卻奈何不得，便也去了，不去理他。

回到房裡，我躺在席上，等候母親進來，想告訴她，今天在頭家的舖外，遇見過去見了好幾面的支那農人。他要我以後把穀揹一些給他，他拏舊衣服什麼的和我換，或者拏現錢給我也好。他說，頭家舖裡的米太貴，他吃不起。他還把我和姆丁請到他椒園裡去，坐了半天。

母親帶著陰鬱的臉色，推開房門走進來。

我連忙坐起來，把她看著。我意識到母親又受了一些閒氣了。

果然，她眼圈一紅，坐了下來，沉默了半晌，忽然嗚咽道：

「大祿士，儘管媽怎樣害了你，你怎麼也這麼不知道愛惜自己？」

她的聲音帶著一些凌厲的口氣，我感到有些委屈。

「媽，我什麼事情惹妳傷心了？」我看著她，惶恐地說。

「整座長屋都鬧遍了。你還裝什麼？」母親忽然仰起頭，板著臉孔，憤憤地把我責備。說完，她垂下頭，傷心地啜泣。

「媽，我實在不曉得我做錯了些什麼事。」我有點手足失措了，哀求地說。

「你真的這樣糊塗嗎？自己做了那樣的事也不知道？」

母親抬起了頭，滿臉淚痕。

我立刻說：「媽，我要是打誑，就讓我明兒死掉罷。」我又自語地加上了一句：「這樣的日子也過厭了。」

母親阻止了我的賭咒。她卻忽然難為情起來，欲言又止，像是不知要怎樣措辭。過了一會，她終於說：

「大祿士，你跟隔鄰的姑納不三不四些什麼？」

我霍地跳起來，向母親賭咒、發誓。最後，我憤然道：

「媽，我就斬雞罷！」

母親呆了一下，忽然撩起紗籠的一角，放聲地哭了。

「孩子，我也曉得你受了冤屈，千錯萬錯，都是我不該跟你那沒良心的爹生下了你。」她在哭聲中說。

我從心底裡感到刻骨的辛酸，一時間，忍不住也哭起來。直到哭倦了，我才把剛才在梯口打魯講的話告訴了母親。母親失神地聽著，始終沒有表示什麼。

晚上下了雨。

躺在席上，傾聽著風雨聲，想著月來的變化，久久不能成眠。

午夜似乎已經過去了。

在風雨聲中，隔房忽然傳來姑納的尖叫。

我迅速衝出房門，立刻瞥見一個人從姑納的房裡衝出來，在長屋的另一邊消失了。在黑暗中，看不清楚那人的面孔。我毫不遲疑地走進姑納的房裡，想問她發生了什麼事。

杜亞魯馬領著眾人匆匆地進來。他老人家忽然大喊一聲：

「把他綁了！」

我還來不及分辯，便被杜亞魯馬身邊的兩個壯漢架住了，立刻便有人去拏麻繩。

我情知杜亞魯馬攪錯了，卻急得我舌頭直打著結，一時間，竟分辨不清楚來。母親來了，她哭著問杜亞魯馬我做了什麼事情。杜亞魯馬冷笑一聲，說：

「妳自己看罷！」

他指著躺在席上蒙住臉孔哀哀地哭泣的姑納。她身上的紗籠破了幾處，身軀一起一伏地顫動。她的女孩子躺在身邊，哇哇地哭著，一個好心的婦人把她抱起來哄著。

「媽媽，妳聽我講……」我在慌亂中大聲叫道：「姑納，妳怎麼不說一句話？到底是不是我欺負了妳？」

姑納抬起頭來，疑惑地看了我一眼，忽然低聲向大家說：

「不是他，不是大祿士。」

「房裡頭黑黑的，妳怎知不是大祿士？」利布忽然凌厲地問道。

「又是這老龜子，我恨死了他！」

姑納怔了一下。

利布立刻又加上了一句：「長屋裡頭哪個不曉得妳和大祿士有不明不白的事！」

姑納氣惱地哭起來。

「我是被丈夫丟了的女人，你們不該這麼欺侮我。你們竟講出這樣骯髒的話來，我還不如死了乾淨。可憐我女兒只兩歲呀……」

「哼！妳被支那丟了，又跟半個支那相好！」一個人叫道。

杜亞魯馬怒叱道：「住嘴！」他氣惱地說：「你們這樣像是對待一個婦人家嗎？」

「不用了！」

麻繩拏來了。杜亞魯馬的臉忽然起了痛苦的痙攣，他把手一揮，說：

母親忽然跪倒在杜亞魯馬的跟前。

「可憐可憐呀！大祿士沒有爸爸，你們不能這樣折磨他。我孩子不會做這樣的事，我是沒了丈夫的婦人，杜亞魯馬你該相信我……你聽我講呀……」

母親一把眼淚、一把鼻涕，那哀訴的聲音，使得最饒舌的人也靜止了下來。

我受不住感情的衝擊，眼淚就要像缺隄的河水般奔流出來了。我死命地忍住，也免不了迸出幾滴淚水來。那原來架著我的兩個大漢早就把我鬆了，我伸手抹乾了淚水。

杜亞魯馬要他的妻子把母親扶起來。

「是呀！大祿士這孩子平日挺不錯的，怎會做出這種事情來呢？」杜亞魯馬的妻子同情地說。

「妳有所不知，支那就是這樣的。妳瞧他挺不錯的呀，妳得知道他在打妳的主意呢！」這漢子把眼睛盯著杜亞魯馬的妻子，得意地咧開嘴巴笑了。一些人也跟著笑了。

「怎麼會呢？」杜亞魯馬的妻子肯定地說。她攙扶著母親，勸著她。

利布忽然咳嗽了一聲，鄭重地說：「大家都是明白人。姑納的房裡頭黑黑的，妳竟知道欺負妳的……」

姑納爆發似的大聲說：「那人壓著我，我怎不知道？還有，那人早就逃走了。」

許多人居然當作笑話一般轟笑起來。杜亞魯馬憤怒地揮著膀子。

「大祿士哪會不逃跑還留在姑納的房間！」姆丁忽然說。他的聲音和平日一樣不很大，但人們都聽得清清楚楚。

人們紛紛議論起來了。許多人說他們在聽到姑納的呼喊後，跟著又聽到一陣急促的腳步聲，顯然那人已經逃跑了。

我開始感到鬆懈了。

杜亞魯馬沉吟著。干尼暴躁地叫道：

「我的姪子絕對不會做出這樣丟人的事。那個龜子……」

「哪個是你的姪子？」山峇譏諷地說。他第一個大笑起來。

我惱怒地看著他，心裡忽然被觸動了一下。我連忙大聲對姑納說：

「姑納，妳用心想一下，那個人是不是就在這裡？」

姑納驚疑地看了我一眼，怔了一怔，便蹙著眉心，認真地思索。她把四周的人仔細地打量著，一下子，人們都靜了下來。我立刻注意到山峇的神色有些不自在了，平日那副嘻皮笑臉的模樣不見了。不過，他很快地做出了他的嘻皮笑臉，裝著不在意的樣子，但牽強得很。

姑納終於把眼光停留在山峇的臉上。山峇在她的目光下困窘地掙扎著，他試圖再做出他平日的嘻皮笑臉，可是他失敗了，他終於恐怖地爆發起來：

「不是我！不是我！」

利布怪叫著，大罵姑納和我串通。

我不去理利布，把他的兒子看著，凌厲地對他說：

「山峇，你把我害了！你還有什麼可以說的嗎？」

干尼大步走上前，一把揪住了山峇。

利布怪叫起來：「你敢打我的兒子。我跟你拚了！」他作勢要撲過來。

我要干尼把山峇放開，沉聲對山峇說：「山峇，大家都是明白人。你剛才一直躲在哪兒去了？好呀！你以為沒事了，就大模大樣的出來了嗎？」

我看見眾人都帶著疑惑的樣子，便向他們解釋：早先山峇一直不知躲到哪裡去，直到姆丁說話的時候，他才進來。

一些人想了想，也領悟地點點頭。

我這下完全鬆懈了。

母親困難地走上前來，把我擁著，淌下了兩行淚水。她只說一句：

「孩子，苦了你了。」

驟然，一個女孩子「哇」的一聲哭起來。我回頭看去時，阿瑪已經踉蹌地奔出去。我一直沒注意到她，原來她站在我的背後。

「阿瑪這回可難起來了。是哥哥好呢？還是半個支那好？嘿！有意思。」

我聽到一個漢子這麼說，心裡只想放聲大哭。

利布忽然指著杜亞魯馬叫道：「你們沒有證據，你不能夠隨便對我兒子怎樣，不然我就跟你拚了！」

杜亞魯馬低頭想了一下，然後看了姑納一眼，說道：「姑納，妳還沒壞了貞節。好了，大家回去睡覺吧！」

我忽然覺得他的聲音那麼的軟弱疲乏。但我實在太疲倦了，我只想睡覺，我來不及玩味他的話。

*

傍晚，天氣還是那樣的沉悶，夜裡又將大風大雨。這早來的雨季把人們困擾得夠了。

我站在丹柱上，望著天空出神。樹上有幾隻鳥兒啁啾著，叫人聽來心裡煩躁。

姆丁向我這邊走來，叫了我一聲。

「姆丁，昨夜要不是你幫我講了一句話，我不知要受多大的冤屈。」我衷心地致了我的謝意。

姆丁淡淡的笑了一下，沒有出聲。

我覺得他好像很憂鬱，驟然，我記起了一件事，便問他道：

「姆丁，你得罪了利布是嗎？」

姆丁怔了一下，便現出垂頭喪氣的樣子。他沒有回答我。我感到一陣辛酸，勉強帶著開玩笑的神情道：

「你不要瞎擔心，阿瑪不會討厭你的。」

姆丁飛紅了臉，訕訕地說：「你不要這樣說，我哪兒配她，你……你才配。」

他說到這裡，便緊緊地閉上嘴巴，仰著頭，憂鬱地望著天空。

「姆丁，別說配不配。說到不配，我更配不上她。我是半個支那，我不能喜歡她。」我痛苦地說。我無法再裝著淡然的樣子。

姆丁立刻偏過頭來，把我看著，臉上並沒有喜悅的神色。他呆了一下，忽然抓住我的手，哀求地說：

「大祿士，我真是卑鄙，我怎好妒嫉你呢？大祿士，不管怎樣，阿瑪總是喜歡你的。」

我怔住了。心裡頭不知是喜還是悲，一股辛酸的滋味直侵蝕著我的心坎。我終於嘆了一口氣，輕輕地擺脫了他的手，慢慢地踱到丹柱邊沿。

姆丁跟了上來，他在我的耳邊說：「大祿士，一切都想不到……」

「都是利布那老龜子一句話！」我暴躁地說。

「誰叫你們兩家有仇呢？」姆丁衝口說。

我立刻回過頭去，心裡頭怦然地跳動。姆丁像是察覺自己的失言，臉孔紅了一下。

我緊張地追問下去。

他為難地說：「我一點也不清楚，真的，我也是聽人家說的。」

我立刻離開了姆丁，走進干尼的房裡，我開門見山地就要他告訴我利布和咱們的仇恨。

干尼在編製他的藤簍。他聽了我的要求，立刻停下了手，問道：

「你聽誰說的？」

他很平靜，一點也不激動。

「先不要管這些。」我急急地說：「我要曉得利布憑什麼要把我害到這麼苦！」

干尼的臉色頓時凝重起來。他猛吸了幾口羅各菸，徐徐地吐出煙來。他沉聲說：「你還是不要知道的好。長屋裡的人們一直把這件事當作祕密地保守著，只為著怕冤冤相報，對兩家都不好。」

「可是，利布那老龜子……」

「是的，利布太對不起人了！」干尼忽然狠狠地打斷了我的話。他把手上的羅各菸在地板上壓熄了，毅然說：「我告訴你。」他思索了一回，驟然平靜地問道：「你知道你爸爸是怎麼樣死的？」

我怔了一下，心裡有點不快，便道：「你是講魯幹嗎？」

干尼有點驚訝地看著我，答道：「是呀！」

「母親和別人都說他的槍中了邪，祭過槍後的第三天黃昏就死在山裡。我知道的就是這些了。」我老實地說，眼睛直看著他。

「你知道為什麼嗎？」

我搖了搖頭。

干尼搖搖頭，沒有再說下去。他拿起剛才在地板上壓熄的羅各菸，把它再燃上了，放在口裡緩緩地吸著。過了一會，他才簡單地說：

「冤冤相報總是不好。」

我忽然明白了。

「你是說利布殺了魯幹？」我急忙問道。

干尼點點頭，接著，他鄭重地說：「他不是蓄意的。他被關了好幾年，說是誤殺。」

他拍拍我的肩膀，親暱地說：「十幾年以前的事了，管他娘的！來來來！我請你喝三杯都鴨，是你嬸娘剛釀的，試試味道可好。」

他從甕裡用木匙子撈出一杯都鴨遞給我，我木然地接過，一口氣把它飲下。一股熱氣直衝上腦際，我彷彿又記起了姆丁的獵槍祭典那日天剛入黑的時候，杜亞魯馬請我喝都鴨的情景。不過短短的幾十天工夫，光景大不同了。

我一杯杯地喝著，干尼彷彿也醉了，他忽然用他那熱烘烘的手掌扳著我的肩膀，一嘴酒氣噴人，舌頭彷彿硬化了。他困難地說：

「大祿士，我要告訴你一個祕密，一個大大的祕密。」

我努力使自己清醒一些，側著頭，注意地聽著。

干尼把杯裡的酒一吸而盡，然後結結巴巴地告訴我他所知道的祕密：

「利布那老龜子不知打從哪兒知道你是半個……半個……你不是你爸爸的親仔，那老龜子便老了臉皮，常常問你爸爸要錢。你爸爸怕這龜子果然張揚出去，壞了你媽的名聲，也壞了你的將來，初時也只有忍氣吞聲，後來被那龜子纏得厭了，便也不再去理會他。以後，唔，以後大概在一塊打獵的時候碰見了鬼，動起粗來，才……才……呃……呃……妮安呀！」

他支持不住了，便叫起老婆來。

孀娘從廚房裡趕出來，抱怨地說：「你們叔姪兩個怎麼啦？醉得像兩隻豬！」

「我要殺死利布！」我在迷糊中困難地叫出。我的舌頭也硬了。

「什麼？大祿士你……」

以後我彷彿飄上了雲端，什麼也不知道了。

四

一隊馬打[14]突然開進了長屋。

這正是傍晚時分，人們都從作活的地方回到長屋。整座一百幾十卡基[15]長的長屋，到處是惶惶的氣氛。

帶頭的領了兩個馬打和一個普通衣著的支那，踏上了長屋，杜亞魯馬將他們迎住了。帶頭的立刻對杜亞魯馬講了一些話，態度甚是有禮。杜亞魯馬聽著，臉上一直沒有表情。最後他緩緩地把頭點了點，帶頭的立刻從那便衣支那手中拿過一個牽牛花模樣的很大的東西，把嘴巴湊在它的尖端用我們的話對大家說：

14 馬打（Mata Mata）：警察。
15 卡基（Kaki）：呎。

「大家靜一下，大家靜一下。」

眾人都顯得吃驚的模樣，因為帶頭的馬打的話透過那牽牛花模樣的東西，忽然變得聲音大起來。

帶頭的繼續說：「大家立刻回到自己的房間裡去，不要亂走，不要亂動。」

然後，帶頭的把那牽牛花模樣的東西從嘴邊拿下，向他的人講了幾句話，那三個人立刻進入長屋的第一間房間。那個便衣支那似乎在領著頭。後來我聽拉達伊講，那便衣支那是支那叫作「暗牌」的。拉達伊還說，這個時候，我們這個地方是被白種人管的。

我躺在席上，無聊地思索著究竟發生了什麼事？心裡頭不免有些怔忡。

約莫過了兩頓飯的工夫，那三個人推開我的房門進來，果然是那「暗牌」領著頭。我好奇地看著他，他淡淡地看了我一下，便和兩個馬打動手翻箱倒篋起來。還好我們房裡也沒有什麼東西，不過是一口母親以前從我生父的舖子裡帶回來的皮箱惹人注目些，可是那三個人略略把它翻了一下便罷了，倒是柴堆灶間要翻得仔細些。

這些人空著手出去以後，我立刻感到一陣鬆懈。

又過了一頓飯的工夫，隔著幾個房間驟然傳來了山峇的號哭和呼叫：

「冤枉呀！冤枉呀！那不是我的東西，別人偷偷放在我房裡的……那不是我的東西呀……」

聲音裡面夾著馬打的吆喝和利布的怪叫，還有阿瑪的哀泣。

我陡然明白了是怎麼回事。我想，這時可以走出房間了。

登步安上，人們擠在兩處：一處是山峇的房門，一處卻是卡都魯的。兩個青年人被馬打押在一處。卡都魯顯得很鎮靜，臉上居然還帶著一些笑意，不過臉色很蒼白。

我找到了姆丁。他憂鬱地告訴我：

「山峇和卡都魯竟打搶起走拉子屋的支那販子來。你看。」

他指了指山峇的房間，警方人員正把贓物起出來，有一袋袋的衣物和日用品。也有一盒盒的飾物。我立刻想起昨天有幾個支那販子來過我們的長屋。

有人拍了我的肩膀一下。接著這人細聲說：

「有人說是你通風報訊，他們很憤怒，你可要小心呀！」

這人是千尼。

我向四周看了一眼，果然有幾個漢子狠狠地盯著我。我生氣地說：

「又不是我做龜子，我怕什麼？」

「我也曉得，可是……可是……」干尼一急，說話便結起舌來。

我氣道：「他們憑什麼又誣我？」

干尼說：「他們說只有半個支那才會做這種事情。」

「我偏要站在這兒。」我使氣道。

干尼急得直踩腳，我也不去理他，向姆丁繼續問道：

「有沒有打傷人？」

「兩個販子都傷了，不過一個重些。」姆丁一直注意著卡都魯的房門，一面說。

阿瑪的哭聲，斷斷續續地傳到我的耳膜裡。

「姆丁，還不去安慰阿瑪，你聽她哭得多傷心。」我說完，便匆匆地回到自家的房裡去。

晚飯的時候，我向媽媽打聽，知道山峇和卡都魯都被押到城裡去。杜亞魯馬和利布，還有卡都魯的老父也去了。

媽憂鬱地說：「有人說是你通風報訊呢！」

「媽，妳也相信嗎？」我生氣地說。

「我怎會相信呢？」媽忽然流出眼淚來，「孩子，都是我害了你。」

第二天的下午，杜亞魯馬、利布和卡都魯的老父冒著大雨回到長屋。

黃昏時，我站在梯口望著外面的雨出神。利布的兄弟忽然走到我的身邊，低低地說：

「大祿士，利布要和你說話。」

他的聲音沒有敵意，卻帶著懇求的語氣，我雖然很迷惑和惶恐，但還是跟著去了。

我小心地踏進了利布的房間。

利布躺在席上，抽著羅各菸。他看見我，便猛然把半截羅各菸丟到腳下去，他的兄弟連忙過去把它踏熄。利布困難地爬起身來。

我懷著戒心，看著他。

利布忽然張開雙臂，攬住我的肩膀，拚命地搖撼著，嘴裡一疊連聲地哀求道：

「大祿士，你救救山峇罷！你就救救山峇罷！」

我感到莫名其妙，利布的模樣卻像著了魔。我驚悸地扭動身體，卻擺不脫利布的手臂。

「你不肯救山峇嗎？」他忽然鬆了手，沮喪地說。

我緊閉著嘴唇，忐忑地看著他。

驟然，他跪了下來。

「大祿士，以前我多多對不住你。我當著大家面前，揭穿你是半個支那；我一口咬定你侮辱姑納，只是為了替我兒子掩蓋。大祿士，就請你看在阿瑪的份上救救她的弟弟罷！可憐她自小就沒了媽，只有一個弟弟。大祿士，你就救救她弟弟吧？」

他的哀求的話，撩起了我久積在心底裡的悲憤。我殘酷地站在那兒，緊閉著嘴唇，把眼睛定在他的身上。我真想打他幾個嘴巴！

他的兄弟也加了上來，說：「大祿士，現在只有你能救他了。」

「只有我能救山峇？」這時我才醒覺過來，「我怎麼能救他？」

利布兄弟兩個對看了一眼。利布立刻咳嗽了一聲，似乎在盡量把他的聲調裝成不在乎的樣子。他說：

「咳！人家說你……說你在馬打那裡說了些話，其……其實也沒什麼，我不會怪你。如今你只要跟馬打講你先前對他說的話是……是不對的。呃，你就說弄錯了！是！弄錯了！這樣山峇就可以放回來了。」

我不禁光火了。

「利布，我不是那樣的人！你認清楚一點！」我大聲地說。

「其……其實也沒什麼……」利布依然陪著笑臉。

我忽然感到一陣被冤屈的辛酸，忍不住大聲說：

「利布！你把我害得那樣苦，你還嫌不夠罷！你竟又誣我通什麼風？報什麼訊？你想害得我被長屋的人攆出去才肯甘休嗎？老實告訴你，利布，你不要逼我太甚！有一天，我會讓你曉得的！你等著罷！」

說完，我一轉身走出了他的房間。

一股悶氣鬱在肚子裡，很是難受。我信步踏出丹柱。

雨已經小了，只有一些雨絲在空中飄著。

驀然，一個身影閃入了我的眼簾，我的心頭一陣激動。我想躲進屋裡去，可是一種欲望卻使我捨不得。正躊躕著，她已經看見我了，臉上木然沒有表情。

我艱難地走上前去，低低地招呼了一聲：「阿瑪。」

她把頭一抬，眼睛望著天。

我的心頭一陣痛楚。我忍不住又喚了一聲。

她回過頭來，寒著臉孔看了我一眼，便立刻把臉轉開去。

我勉強做出一個微笑，說道：「阿瑪，妳弟弟的事情怎麼了？」

她驟然回過了頭，冷冷地說了一句：「你可高興了！」便大步地走了。

我一急，便忘了顧忌，縱身上前，拉住她的手，傷心地說：

「阿瑪！阿瑪！妳也誤會我嗎？」

她把手狠狠地一摔，「哼」了一聲說：

「我也敢誤會你嗎？」

我低聲地懇求著說：「阿瑪，妳怎麼啦？」

我心頭激動，情不自禁地拉住她的手。忽然，她大聲叫起來：

「你想欺侮我嗎？」

我愕然鬆了手。

阿瑪的聲音引來幾個人，杜亞魯馬也過來了。

杜亞魯馬臉色很難看。他把我看著，眼睛彷彿要突出眼眶來，我心裡一陣驚悸。

他忽然狠狠地斥道：

「你也做得夠了！」

說完，他便掉頭走了。人們也一哄而散。

丹柱上只剩下我們兩個。

「阿瑪，總有一天你會明白的。」我痛苦地說。

阿瑪忽然把手蒙住臉，哭著踉蹌地奔去了。

五

已經是第七天連續下雨了。

黃昏後，我一直站在梯口，望著雨水出神。夾著雨點的風不斷地掃向我來，我沒有去閃避它。

登步安上，人們依然像往日那樣愉快地喧鬧著。聲音傳來，我感到一陣刺耳。母親病了，這幾天來一直躺在床上。

長屋外面，彷彿比往日暗了許多。我望著天空，想起了幾十天來的變幻，歷歷在目。

「他是半個支那，他會激怒神的！」

利布那急躁的聲音在我心裡響過，餘音不絕，擾亂了我的心思。我感到一陣驚悸，不願再想下去。

我呆呆地聽著充滿登步安的愉快的、喧鬧的聲音，心裡忽忽若有所失，阿瑪的清脆的聲音我一直沒有聽到。她現在在做些什麼呢？她還在織著那張毯子嗎？我不禁癡癡地想著。

那一個晚上，她在登步安上織著毯子，我坐在一邊看她編織。她告訴我，這張毯子只織了一點點，算是開頭，以後還要花她三幾十天工夫才織得成呢。那時我便笑道：

「要是半路上斷了幾根線，那不就白花了工夫？」

她回過頭來，嗔然瞪了我一眼，說：

「那你可高興了！」

她不生氣，臉上裝著薄怒，聲音也裝著薄怒，真有趣。

那不過是幾十天前的聲音。

「那你可高興了！那你可高興了！」我喃喃地念了一遍又一遍。心裡想，那聲音多有趣。那不過是幾十天前的聲音。

「那你可高興了！」

驟然間，那聲音變了，變得冷冷的。那是幾天前她在丹柱上說的呀！那時她恨死了我，我一下子彷彿跌進了冰冷的溪水裡去，一陣帶著雨點的風向我掃過來，我全身起了可怕的震顫。

一陣閃電過後，天的一邊響起震耳的雷聲。

「你也做得夠了！」

杜亞魯馬那天在丹柱上斥責我的話，驟然間又在我心裡響過。我全身起了痙攣，被擾亂了的心思，像無情地被戳上了一刀，我的腦子一陣發昏。我彷彿在絕望中大叫了一聲：

「我也做得夠了！」

我瘋狂似地衝下梯子，不顧一切地向黑暗中奔去。腦子彷彿暴漲了，什麼思想都沒有了。我只想：走！走！

天好像震怒了！一陣閃電過去，天的一邊響起了震耳的雷聲。風雨在身邊掠過，人的聲音從後面追來。

我什麼也沒有想，我只想：走！走！

「大祿士──你的母親跌倒了──」

不知過了什麼時候，後面一個聲調拉得長長的呼喊聲劃過了風雨的長空，激射入我的耳膜，震撼了我的心靈。我呆了一下，腳步停了。

一下子，腦子彷彿冷卻了。我只感到自己是一個罪人。我的眼角迸出了淚水。

「大祿士──你的母親跌倒了──」

一陣雷聲驟然響過，雨下得更急。

「……別拉住我！我要我的兒子！……我要把我兒子找回來！……別拉住我呀！……」

母親的哭聲和哀號，被風斷斷續續地捲進我的耳裡。我彷彿看見母親在他們的手下拚命地掙扎。我驟然回頭，嘴裡喊著母親，向著長屋那邊奔回去。

我粗暴地推開眾人，扶起了母親，哭道：

「媽！我還像個人嗎？我還像個人嗎？」

母親看見我，喜極而泣，她連聲說：

「你回來了！你回來了！」

她的身軀鬆弛了，她讓我攙住她。

「媽！我不離開妳了！不管他們對我怎麼樣，我也不離開妳了。」我哭著說，攙扶著母親，也不看旁邊的人一眼，便向長屋慢慢走去。

四周彷彿一下子沉靜了下來，只有風雨掃過樹葉發出鬼叫似的嘯聲。

我回過頭來，看見眾人垂著頭，默默地走著，讓腳底踏在泥濘的路上，發出更響的聲音。那腳步顯得異常的沉重。我感到一陣不可抑制的激動，報復地大聲說：

「你們為什麼要追我？你們為什麼要追我？你們怕沒有第二個半個支那供你們折磨嗎？告訴你們，姑納的女孩可也是半個支那！……」

「大祿士！」母親痛苦地喚了一聲。我立刻閉了嘴。

有人嘆了一口氣，我發覺是姆丁。他憂鬱地說：

「為什麼不讓我們不再說你是支那，他是達雅呢？大家都是在這塊土地上生活的。」

我心裡一亮，眼前出現了一幅壯麗遼闊的土地的畫面，那是我前些時從頭家的舖裡回來時，在路上的一個土坡上偶然發現的。這塊土地上有支那、達雅也有巫來由。大家要像姆丁所說的那樣：你不再叫我支那，我不再叫他巫來由，大家生活在一起，那我們的土地該會多麼的壯麗！

但這只是短短的一剎那便消失了。我冷冷地說：

「姆丁，你別盡在發夢了。支那拚命在刮達雅的錢，玩了達雅女人又把她丟掉，留下可憐的半個支那給達雅人出幾口鳥氣……」

「大祿士！」母親又痛苦地喚了一聲。我閉了嘴。

大家的腳步彷彿更沉重了。我們默默地走著，腳踏在積水的黃土路上，那「漬漬」的聲音更響了。

「大祿士！」有人沉沉地喚了一聲。

我回過頭去。說話的人是拉達伊，他嘆息道：

「大祿士，你想錯了。可惜，許多人也像你一樣，都想錯了。你別笑姆丁，他的話很有意思。你不記得我們以前說過的嗎？『人有好歹，樹有高低』。支那頭家像姑納的男人的自然有，老老實實做買賣的，我也見了很多；我們長屋也有幾個壞東西，但好的人總是多。大祿士，你瞧我是壞人嗎？」

我回過頭去看他。他是善良的。

「老拉達伊，你對我好，我是曉得的。」我激動的說。

拉達伊笑了笑，指著旁邊的幾個人說：「他們也不是壞人。」他接著說：「大祿士，你受了委屈，但很快就會過去的。你瞧今晚這場風雨好大，可是明兒天氣就要晴了；明天不晴，後天也要晴的。」

我呆呆地聽著，心裡有點紛亂，但一直很激動。

「唔，支那阿伯是大好人哪！不知他現在還在嗎？」拉達伊喃喃地自語。

我忽然覺得大家的腳步輕了一點，腳踏在泥濘路上，「漬漬」的聲音也沒那麼響了。

驀然，一陣不尋常的巨嘯從後面迫過來。大家回過頭去，不覺都驚呼起來。立刻有人扯開喉嚨大喊道：

「大水呀！大水呀！大家快逃命呀！」

人們立刻亂了，拚命向長屋奔去。有人拏起路旁的鐵罐，拚命用木棒敲起來。迅速地，長屋到處都響起鐵罐的聲音。

「大水呀！大水呀！」

洪水湧到了長屋腳下。

杜亞魯馬指揮著男女老幼逃上長屋後面的山坡。大家已經沒有時間停留在屋裡收拾細軟。長屋底下，雞飛狗走，更增加了紊亂的氣氛。

我揹著母親，辛苦地爬上山坡，立刻氣咻咻地倒在石塊上，疲倦地閉上眼睛，喘息著。好一會，才勉強睜開眼睛。

山洪果然暴發了。汙黃的洪水挾著巨嘯，澎湃洶湧地捲來，眼看家園被吞沒了，山頭上到處都是哭聲。

我向四周打量了一會，勉強地定下心來。山坡不很高，但洪水僅及它的腰部。

我坐在石塊上，忽然想起一個月前的黃昏，我曾坐在這兒傾聽著坡底飄來激急的、緊湊的鼓聲。我不覺茫然。

杜亞魯馬焦急地來回踱著。他自語地說：「卡章本該帶出來遮遮雨。」

他的話提醒了我。母親身上帶著病，不能在風雨裡挨一個夜晚。我偏偏頭看著母親，她老人家身上只有一件很薄的紗籠，她閉上眼睛，蜷縮在我的身邊，不斷地打著哆嗦。我只有把她擁得更緊，讓身上的熱氣傳給她。

在我的忖度中，午夜應該過去了。洪水依然咆哮著，不過來勢減了些。

「啊！有隻舢舨漂來了！」我身邊一個人叫起來。

我連忙睜開眼睛，果然看見一隻舢舨在風雨中，搖搖盪盪地漂來。我真擔心那舢舨會覆了的。

「是支那！是支那！我們不要理他！」有人興奮地叫起來，彷彿遇上了得意的事情。有幾個人同意了。

一陣風挾著巨嘯吹過，洪水激起了浪潮。

「救命呀！救命呀！」舢舨上的人用達雅話喊起來了。

我連忙跟著山頭上的人站起來，只見那舢舨離開山頭約莫還有一百五十卡基左右。站起來的人都遲疑起來。

「呀！是姑納的老公，那頭家！」有人興奮地叫起來。於是，人們帶著興致用他們的眼光搜索著姑納母子兩個。當人們把她們找到時，便笑著叫道：

「姑納，妳男人來了，還不去迎他？呆些什麼？」

「啊啊！小香，妳老子來了！快去叫爸爸！哈哈！」

姑納忽然「哇」地一聲，用手蒙住臉哭起來了。那小女孩也跟著媽媽嗚嗚地哭著。

「救命呀！舢舨要翻了！——」

這時，舢舨離山頭還有八十卡基。我急急地走到杜亞魯馬身邊，問他說：

「杜亞魯馬，我們怎麼辦？」

杜亞魯馬還沒有回答，便有人急躁地說：

「我們沒有舢舨呀！」

「那我們可以泅去！」我衝口說。

「那你去罷！」有人笑起來了。

我窘了。

「舢舨翻了！」人們驚叫起來。

我不再遲疑，便躍下洪水中去。

洪水挾著排山倒海的力量不停地向我衝擊，汙水打在我的臉上，我幾乎窒息了。我泅到翻船的地點時，已經疲倦極了。誰知那頭家一見我伸手過去，便死命地抓向我來。我吃驚地放了他，一陣波濤捲來，頭家剛開口呼喚，就被捲進水裡去。幸好頭家身邊的伙計眼明手快，抓住了他的衣領。但那伙計顯然已經沒有半點力氣了。我立刻泅到頭家的身邊，把手將頭家攔腰抱住。在那伙計的協助下，順著波濤，吃力地向山坡泅去。

我沒有在水中救人的經驗，泅不多遠，就感到支持不住了。眼看離開山坡還有四十卡基，我只得高聲呼救。一個人立刻跳下水，向我們泅來。當他泅到離開我們只有十卡基時，他高聲叫道：

「忍耐一下，我來了。」

我剛想開口喚他，猛然吃了一口汙水。杜亞魯馬泅到我們的身邊，敏捷地伸手挽住了頭家的腰間，讓我把手抽出來，我感到那隻手快要痲痹了。

我們終於泅到了山坡。山頭上忽然響起了一片歡呼聲。大家圍了上來，彷彿忘了風和雨，熱烈地慰問和讚揚我們。人類的溫情感動了每一個人的心。

頭家吐了一大口汙水，睜開眼睛，望著大家，然後吃力地點點頭。他想說些什麼。卻說不上來。大家看到他的臉龐上泛現著激動的神情。平日在舖子裡那種討人厭的表情消失得不留一點痕跡。

姑納忽然從人群背後抱著她的女孩奔出來，跪在她男人的身邊，哭了起來。

頭家蒼白的臉上，現出了一些紅暈。他伸出一隻手把姑納的臂膀抓著，一隻手輕輕地撫摸著女兒的小臉，溫和地說：

「姑納，大水退後妳跟我回去罷！」

「我不跟你回去！」姑納搖搖頭說。我以為姑納在賭著氣。

「妳不跟我回去了？」頭家立刻現出了失望和不安的神情。

「我情願住在長屋裡。」姑納說。

「那也好，我會常來看妳的。」他說著掙扎要起身，姑納連忙攙著他。

我跟著人們在一旁看著，心裡忽然感到一陣辛酸。我離開大家，向母親走去。

母親孤寂地坐在石塊上，望著人叢那邊。我看著母親，心裡不禁想道：

「媽，為什麼不能也有這樣的一天呢？」

頭家的伙計忽然大聲地叫道：「頭家，咱們載貨的船駛來了。」

大家都把眼睛向洪水那邊望去，果然一隻不很大的船緩緩地朝山坡駛來。舦外摩多的「吧拉」不停地咆哮，激起了長長的波浪。

船靠在岸邊，人們立刻圍攏了上來，羨慕地望著船上的一罐一罐的餅乾。

船上的伙計跳上了岸，匆匆來到頭家的身邊，向他報告：

「水太快了，我們只能搶出這些東西。」他一邊用手抹著臉，一邊望著他的頭家。然後，他又慚愧地加上了一句：「這些都是浮在水面上的。」

頭家立刻現出沮喪的神情，他沉默了半晌，臉上忽然換上了堅決的神情，一揮手說：

「你同阿生和根友都辛苦了，都休息去罷！」

三個伙計從船上拿了二片卡章席，說說笑笑地向樹下走去。

我看著他們，心裡一動，便趕上去，拍拍那個拏著卡章席的伙計的肩膀，用生硬的客家話，陪笑道：

「老兄，借我一片卡章，可以嗎？」

那後來的兩個伙計奇怪地看了我一眼，先來的伙計笑著說：

「他救了頭家的命，你就給他一片罷。」

那個伙計果然給了我一片，我謝了一聲，高興地拿到母親身邊，把卡章摺成兩邊，然後豎在地面上，用木頭定住了，作成「入」字的樣子，請母親到裡面去躲躲風雨。

我滿意地吁了一口氣，向四周打量一眼。忽然，我看到了阿瑪，她陪著父親，孤寂地坐在一邊。利布蜷縮著身子，不斷地打哆嗦，嘴邊咿咿唔唔地呻吟著。

我難過地望了他們父女倆幾眼，心裡下了一個決定。我走前去，溫和地對阿瑪說：

「阿瑪，我有一片卡章，請妳爸爸也進去避一避雨，好嗎？」

阿瑪驚喜地睜著眼睛看著我。利布也抬起頭，睜開眼睛，茫然地向我看來。我含笑地對他說：

「利布，請進卡章裡去罷，雨還好大呢！」

利布忽然叫起來：「我不能領你的情，大祿士。」

阿瑪黯然地垂下了頭。

我依然含著笑，說：「以前的都是誤會。阿瑪，妳說是嗎？」

阿瑪感激地看我一眼，便用手扳著老子的肩膀，柔聲道：「爸爸，大祿士說得一點不錯的。」

利布忽然迸出了眼淚，說：「阿瑪。妳以後跟著大祿士，我再也不會不放心了。」

阿瑪飛紅了臉，啐了父親一口：「爸，你說這些幹麼？」

她攙著父親，向卡章棚子走去。我跟在後面，看阿瑪把父親送到卡章棚口。利布忽然猶疑起來，他顯出難為情的樣子。我便喚了一聲：

「媽，阿瑪的爸爸躲雨來了。」

母親吃驚地睜開眼睛，看看我們，忽然好像明白了似的笑起來。她愉快地說：

「是利布這老頭兒嗎？快請進來。」

姆丁向我們走來，我感到有些不好意思。他熱情地拍拍我肩膀，大笑道：

「哈哈！是嗎？大祿士，我原說過阿瑪喜歡你！」

我不覺跟阿瑪相對一笑，阿瑪臉紅了。

「大祿士，頭家喚你呢！」杜亞魯馬遠遠地喚了一聲。

我立刻應了一聲，牽著阿瑪的手，向他們走去。

頭家拍拍我的肩膀，愉快地說：

「你叫大祿士嗎？好！真是一條好漢。今天，咱魏某人算叨你的情了。你把船上的一些餅乾拏去分給大家罷！」

*

風雨完全停了。我和阿瑪並肩站在山頭上。

「阿瑪，今後沒有人再叫我半個支那了。」我愉快地說，「我相信有一天，沒有人再說你是達雅，他是支那了。大家都是在這塊土地上生活的。正如姆丁所說的。」

「姆丁這麼說過嗎？」阿瑪微微驚訝地偏過頭看我一眼，然後領悟似地點點頭，說：「是的，我們都是婆羅洲的子女。」

太陽從東方升起，洪水開始退去。

（一九六六年）

原收入《婆羅洲之子》（古晉：婆羅洲文化局，一九六八）

拉子婦

昨日接到二妹的信。她告訴我一個噩耗：拉子嬸已經死了。

死了？拉子嬸是不該死的。二妹在信中激動地說：「二哥，我現在什麼都明白了。那晚家中得到拉子嬸的死訊，大家都保持緘默，只有媽說了一句話：『三嬸是個好人，不該死得那麼慘。』二哥，只有一句憐憫的話啊！大家為什麼不開腔？為什麼不說一些哀悼的話？我現在明白了。沒有什麼莊嚴偉大的原因，只因為拉子嬸是一個拉子，一個微不足道的拉子！對一個死去的拉子婦表示過分的悲悼，有失高貴的中國人的身分啊！這些日子來，我一閉上眼睛，就彷彿看見她。二哥，你還記得她的血嗎？……」

拉子嬸是三叔娶的土婦。那時我還小，跟著哥哥姊姊們喊她「拉子嬸」。在砂勞越，我們都喚土人「拉子」。一直到懂事，我才體會到這兩個字所蘊含的一種輕蔑的意味，但是已經喊上口了，總是改不過來；並且，倘若我不喊拉子，而用另外一個好聽點、友善點的名詞代替它，中國人會感到很彆扭的。對於拉子嬸，我有時會因為這樣喊她而感到一點歉意。長大後唯一的一次見面中，我竟然還當面這樣喊她，而她卻一點也沒有責怪我的意思。媽說得對，她是個好人。我猜她一生中大約不曾大聲說過一句話。二妹曾告訴我，拉子嬸是在無聲無息中活著。在昨天的信上，二妹提起她這句話，只不過把「活著」改成「挨著」罷了。想不到，她挨夠了，便無聲無息地離開了。

我只見過拉子嬸兩次面。第一次見到她是在八年前。那時學校正放暑假；六月底，祖父從家鄉出來，剛到砂勞越，聽說三叔娶了一個土女，赫然震怒，認為三叔玷辱了我們李家門風。我還約略記得祖父坐在客廳拍桌子、瞪眼睛、大罵三叔是「畜牲」的情景。父親和幾個叔伯嬸娘站在一旁，垂著頭，不敢作聲，只有媽敢上前去勸祖父。她很委婉地說：「阿爸，您消消氣罷，您這些天來漂洋過海也夠累的了。其實，聽說三嬸人也滿好的，老老實實，不生是非，您就認這個媳婦罷。」

祖父拍著桌子，喘著氣說：「妳婦人家不懂得這個道理，李家沒有這個畜牲，我把他給『黜』了。」

父親聽說祖父要把三叔逐出家門，立刻跪在老人家跟前，哭著要祖父收回成命。我和二弟那時正躲在簾後，二弟先看見爸爸下跪，叫我擠過來看。我剛一探出頭，猛然聽得一個蒼老的聲音喝道：「小鬼頭做什麼？」是祖父的聲音！我和二弟嚇得跑出屋子。

後來的事情，媽告訴大姊的時候，我也偷聽了一些。祖父雖然口口聲聲不認拉子婦是他三兒媳，但到底沒把三叔趕出家門。媽說，聽說三嬸「長相」很好，並且也會講唐人話。過幾天，三叔就會從山裡出來，那時祖父見了三嬸的「人品」，想來也會消消火氣的。三叔長年在偏遠的拉子村做買賣，一年裡頭，難得出來到古晉城一兩回。這次祖父南來，父親本來很早就寫信通知三叔，可是祖父卻早到了。

我把拉子嬸要來古晉拜見家翁的消息傳揚開去，家中年輕的一輩便立刻起勁地哄鬧起來。六叔那時已經長出小髫子了，卻像一個在池塘邊捕到一隻蛤蟆的孩子般興奮。他喊我們到園子裡的榕樹下，兩隻小眼睛在我們臉上溜了五六回，故作一番神祕之狀才壓低嗓門說：「嘿！小老哥，曉得拉子嬸生得怎麼樣的長相嗎？」

「曉得！曉得！拉子嬸是拉子婆，我看過拉子婆！」大夥搶著答應。

六叔撇了撇嘴巴，搖晃著腦袋，帶著警告的口吻說：「拉子嬸是大耳拉子喔！」

大夥立刻被唬住了。那時華人社會中還流傳大耳拉子獵人頭的故事。我還聽二嬸說過，古晉市近郊那座吊橋興工時，橋墩下就埋了好多顆人頭，據說是用來鎮壓水鬼的。

「大耳拉子！曉得嗎？大耳拉子的耳朵好長喲。瞧，就這麼長！」六叔得意地拉著自己的耳朵，想把它拉到下巴那個位置。他咧著嘴哇的一聲哭起來：「嘿！小老哥，大耳拉子每天晚上要割人頭的呀！」

把我們唬得面面相覷了，他又安慰我們，說他有辦法「治」大耳拉子，要大夥一起「搞」她。大夥連忙答應。

我第一個見到拉子嬸。三叔領她進大門時，我正在院子裡逗蟋蟀玩。我叫了一聲三叔，三叔笑著說：「阿平，叫三嬸。」我記得我沒叫，只是愣愣地瞪著三叔身後的女人。那時年紀還小，不曉得什麼叫「靚」，只覺得這女人不難看，長得好白。她懷裡抱著一個小娃兒。

「阿平真沒用，快來叫三嬸！」三叔還是微笑著。那女人也笑了，露出好幾顆金牙。我忽然想起六叔的叮囑，便冒冒失失地衝著那女人喊一聲：「拉子嬸！」

我不敢再瞧他們，一溜煙跑去找六叔。不一會，六叔率領十來個姪兒姪女聲勢浩大地闖進廳中。家中大人都聚集在堂屋裡，只不見祖父。大伯說：「孩兒們，快來見過三叔和三──三嬸。」

「三叔！拉──子──嬸！」

「拉子嬸」這三個字喊得好響亮，我感到很得意，忽然覺得有點不對勁，大家好像都呆住了。我偷偷瞧爸爸他們，不得了！大人好像都生氣啦。那女人垂著頭，臉好紅。我連忙溜到媽媽身後。

大伯和父親陪著三叔匆匆走出去。孩子們立刻圍成一個大圈子，遠遠地盯住拉子嬸，偶爾有一些低聲的批評和小小的爭論，後來大約覺得拉子嬸並不可怕，便漸漸圍攏上前，挨到她身邊。嬸嬸們遠遠地坐在一旁，聊著她們自己的天，有時還打幾個哈哈，完全沒把眼前這位貴客放在眼中。只有媽坐在拉子嬸身邊，和她說話。媽問道：「妳是從哪個長屋來的？」拉子嬸慌慌張張看了媽一眼，膽怯地笑一笑，才低聲答道：「我從魯馬都奪來的。」媽又問道：「店裡買賣可好？」拉子嬸又慌慌張張看了媽一眼才紅著臉回答：「好——不很好。」我感到很詫異，媽每問她一句話，她便像著了慌似的臉紅起來。我想如果我是媽，早就問得氣餒了，但媽還是興致勃勃問下去。

二弟和二妹忽然在拉子嬸面前爭吵起來。先是很小聲，漸漸地嗓門大起來。

「我早就曉得她不是大耳拉子。」二弟指著拉子嬸的耳朵說。

「誰不是？瞧，她耳朵比你的還長。」二妹說。

「呸！比妳的還長！」

「呸呸！希望你長大時討個拉子婆！」

媽生氣了，把他們喝住。嬸嬸們那邊卻有一個聲音懶洋洋地說道：「阿烈啊，討個拉子婆有什麼不好呀？會生孩子喔！」大家都笑了，拉子嬸也跟著大家急促地笑著，但她的笑容難看極了，倒像是哭喪著臉一般。只有媽沒笑。

其實拉子嬸並不是大耳拉子。後來我從鄉土教育課本上得知，大耳拉子原本叫作海達雅人，集居在砂勞越第三省大河邊；小耳拉子是陸達雅人，住在第一省山林中。拉子嬸是第一省山中人，屬陸達雅族。

孩子們把拉子嬸瞧夠了，便對她懷中的娃兒發生興趣。他模樣長得好有趣，眼睛很大，鼻子卻扁扁的。大夥逗他笑。四弟做鬼臉逗他，把他逗哭了。拉子嬸著了慌，一面手忙腳亂地哄著孩子，一面偷眼瞧瞧我媽又瞧瞧嬸嬸們。嬸嬸停止聊天，瞪著拉子嬸（其實是瞪著她的孩子）。我媽說：「亞納想是要吃奶了。把奶瓶給我，我喚阿玲給妳泡一瓶牛奶。」拉子嬸紅著臉低著頭，囁嚅地說：「我給孩子吃我的奶。」她解開衣鈕，露出一隻豐滿的乳房，讓孩子吮吸她的奶頭。這時四嬸忽然叫起來：「我說呀，拉子本來就是吃母奶長大的。二嬸，妳何必費心呢！」

這時父親和三叔走進來。三叔的臉色很難看，好像很生氣，又像是哭喪著臉。我猜他們剛從祖父房裡出來。祖父沒出來吃中飯，我媽把飯菜送進他房間。

飯後，我媽把拉子嬸帶進她房裡。我想跟進去，被媽趕了出來，經過廚房時聽見二嬸在嘀咕：「吃呀就大口大口的扒著吃，塞飽了，抹抹嘴就走人，從沒見過這樣子當人家媳婦的，拉子婦擺什麼架勢……」

第二天早上，祖父出來了。他板著臉坐在大椅子裡悶聲不響。大人都坐在兩旁，半點聲息也沒有。拉子嬸站在我媽身邊，頭垂得很低，兩隻臂膀也垂在身側。媽用手肘輕觸她一下，她才略略把頭抬起來。這一瞬間，我看見她的臉色好蒼白。拉子嬸慢慢走向茶几，兩條腿隱隱顫抖。她舉起手——手也在顫抖著——倒了一杯茶，用盤子托著端送到祖父跟前，好像說了一句話（現在回想起來，那句話應該是：「阿爸請用茶。」）祖父臉色突然一變，一手將茶盤拍翻，把茶潑了拉子嬸一臉。祖父罵了幾句，站起來，大步走回房間。大家面面相覷，誰也不作聲，只有拉子嬸怔怔地站在大廳中央。

那天下午，三叔說要照料買賣，帶著拉子嬸回山坳裡。

多年後聽媽說，當時祖父發脾氣是因為三嬸敬茶時沒有跪下去。

第一次見面，拉子嬸留給我們的印象一直不曾磨滅。可是一直到六年後，我才有機會再見到她。那時因為家中產業的事，父親命我進山去見三叔。我央二妹同去。

這次進山，是我和二妹六年來夢寐以求的。這段日子關於拉子嬸的訊息，全都是從山中來客那兒得知。可是，家中大人從不主動向他們探問，就是母親，我那最關心拉子嬸的好母親，也只希望客人說溜了嘴的時候，會偶然無意的透露一點關於拉子嬸的消息，因此我們所知的也就非常少。家中只曉得三嬸又生了一個孩子，產後身體便一直很孱弱。後來有個冒失的客人酒醉飯飽之餘，揭發了一個驚人的消息：「你們三頭家不知幾世積的德，人家十八歲的大姑娘都看上他，哈哈！如今人家碰到他都問幾時吃他的喜酒哩。」這個消息在我們家自然引起一陣騷動，但是彷彿沒有人比嬸嬸們更來勁了。她們幾個人湊在一起逢人便說，她們老早就知道我們三叔不是糊塗人，怎麼會把那個拉子婦娶來作一世老婆？不會的，斷斷不會的。我們三叔原本就是個有眼光的商人哩！除她們之外，家中其他大人都不怎麼熱心；就是我媽，也只是暗地裡嘆息兩回罷了。此時祖父已經過世，六叔出國讀書，六年前圍繞在「那個拉子嬸」身邊瞪著她的孩子們，如今都已經長大了。自從拉子嬸第一次到家中之後，大夥便常常在一起談論她。隨著年齡的增長，大夥對小時候的胡鬧都感到一點歉意。尤其是二妹，常常說她對不起三嬸，要找機會去山裡看她。我和其他男孩子又何嘗不是有同樣的想法，只是身為男人，不好說出口罷了。三叔進城時，大夥便纏住他，要他說三嬸的事。二妹警告他不可欺負我們三嬸。每回三叔都笑嘻嘻答應，誰想如今他竟要娶小老婆呢？

進了山，才能見到真正的砂勞越，婆羅洲原始森林的一部分。三叔的舖子就在這座原始森林裡。這是一個孤獨的小天地：舖子四周只有幾十家經營胡椒園的中國人，幾里外，疏落地散布著拉子的長屋。只有一條羊腸小徑通到山外的小鎮。這個小天地幾乎與世隔絕。

三叔當然變得多了，兩鬢已冒出些許白髮。我們談了幾句話，正要向他探問三嬸，外面進來一個老拉子婦。三叔簡單地說：「你三嬸。」我猛然一怔，她不正是我們進舖子時看見的那個蹲在舖前曬鹹魚的老拉子婦麼？怔忡間，二妹已喚了一聲三嬸；我只好慌忙喚一聲，喚過之後，我才發覺我竟然喊她拉子嬸。她驚異地笑一笑：「是哪一個姪子叫我呀？」並沒有責怪我的意思。她還是跟六年前一樣，卑微地看著人，卑微地跟人說話。只是她的面貌變化實在太大了，我不曉得應該怎麼講，我只能說她老了二十年，像個老拉子婦。

三叔剛問起家中景況，後房忽然傳出嬰孩的哭聲。三嬸向我們歉然一笑，便向後邊走去。她的步履輕飄飄，身體看來非常孱弱。

「三叔，三嬸又生了一個娃兒？」我問。

三叔簡短地「唔」一聲，眼睛只顧盯著茶杯。

「三叔，三嬸剛生下孩子，怎麼可以讓她在太陽底下曬鹹魚呢？」二妹低聲地責怪。

三叔沒有回答。

「三叔，雇個工人也不多幾個錢吧？」二妹說。

三叔猛然抬起頭來，把稀疏的眉毛一揚，粗聲說：「阿英，妳當山裡的錢容易掙麼？」

二妹默然，但我曉得她心裡不服氣。

三嬸抱著孩子出來。她解開了上衣，讓孩子吮吸她的奶頭。我忍不住瞪著那隻奶子：它就是六年前在我們家展露的那個大乳房？委實又瘦又小，擠不出幾滴奶水。娃兒緊緊抓住它，拚命吮著乾癟的乳頭。二妹剛開口，我就立刻瞪她一眼，搶先說：「娃娃好乖，叫什麼名字？」三嬸想回答，三叔卻粗聲粗氣地說：「叫狗仔。」三嬸默默瞧我們一眼，垂下頭。

誰也找不出話來說。不一會，外面跑進兩個孩子：一男一女都是同款的大眼睛、扁鼻子、褐色皮膚。三叔說：「快來叫哥哥姊姊。」兩個孩子呆呆瞧著陌生人。三叔眉頭一皺，大聲說：「聽見沒有？」孩子們彷彿受了驚嚇，愣在那裡沒出聲。

「蠢東西，爬開去！」三叔罵了幾句。兩個孩子便垂著頭，默默地、慢慢地走開去。三叔在後邊還不斷嘀咕：「半唐半拉的雜種子，人家看見就吐口水！」他坐在店舖櫃檯後面罵了半天，忽然大聲說：「死在這裡做什麼？把他抱開去，我要跟阿平談正經事。」三嬸抱著孩子走了。

我把父親的話告訴三叔。他靜靜聽著，似乎不很留心。

但我和二妹已經見到了夢寐以求一見的三嬸。我看看二妹，我明白她的心意。她恨不得立刻便去向三嬸說，我們對不起她，請求她寬恕我們小時的胡鬧；還要告訴她說，我們同情她，我們愛護她。可是我們兩個到頭來誰也沒開口。可憐的二妹，每一次她總是說：「這回我一定要說了，不然會憋死我的。」可是每一次她總是說不出口。三嬸和她在一起時，她便強裝笑臉，說些不相干的話，彷彿心安理得的樣子。終二妹一生，她再也不會有機會說了，這會成為她畢生憾事的。但這又何嘗不是我的畢生憾事呢？我們何止不知怎樣開口，我們後來還怕見到三嬸的身影。那一個籠罩著我們兩兄妹心頭的陰影日漸擴大，迫使我們吶喊，把所有的事，毫不欺瞞的說出來讓三叔聽，讓三嬸聽，也讓龍仔、蝦仔和狗仔三個孩子聽，還有讓那些想吃三叔喜酒的人也聽聽；然後讓三叔把三嬸和孩子趕回長屋，再明媒正娶，娶他那個十八歲的大姑娘進門來，這樣，一切便結束了，大家都可以鬆一口大氣。或者就讓我和二妹跟三叔大大的吵一場罷，逼他發誓和三嬸相偕到老，做一世夫妻。我和二妹卻沒有這個勇氣，而且連吶喊的力氣也沒有。大家彷彿都知道一切都將要過去了：三叔知道，那些想吃喜酒的人知道，三嬸也知道。三嬸傴僂的身子在店舖角落的陰影裡無聲無息走動著，像一個就要離去的靈魂，她會知道自己日後的命運嗎？她會知道的。但她不敢怨恨，她為什麼要怨恨三叔呢？她是一個拉子婦。她也不會怨恨我和二妹。她對待我們非常好，但她不會說親暱的話。她管我叫「八姪」，管二妹叫「七姪女」，不像嬸娘們成天喊我「老八」，喊二妹「七妹子」，親熱得不得了。待在山裡第四天傍晚下起雨來，二妹站在屋簷下看雨。雨水打溼了她的頭髮，三嬸看見了便拿一頂草笠，靜靜走過來戴在二妹頭上，輕輕拍了拍她的肩膀。二妹後來告訴我，她那時流眼淚了，她把頭別開去不讓三嬸看見。二妹哭著說：「她那麼愛我，我卻一直沒有對她說我愛她。」「誰叫她是個拉子呢？」我衝口說出這句不該說的話，它傷了二妹的心。但是，這是一句最實在的話：誰叫她是個拉子呢？

可憐那三個孩子，他們也知道阿爸要討小老婆嗎？也許他們心裡知道的。年紀較大的兩個兄妹整天躲在屋後瓜棚下，悄悄玩他們的泥偶。他們不敢去看爸爸的臉，不敢去看那些想吃爸爸喜酒的支那人的臉，只敢看媽媽的，看小狗仔的。還是二妹有辦法，她把兩個孩子哄住了，我們之間建立了友誼。從兄妹口中我們問出了一些可怕的事：

「爸就是常喝酒，喝完了就抓媽來打。」小哥哥說。

「他還打我和龍仔。」小妹妹說。

「有一晚，爸又喝了酒，抱起小弟弟狗仔要摔死他，媽跪在地上哭喊，店裡的夥計阿春跑來把狗仔搶過去。」

「爸罵媽和阿春××。」

「爸常說，要把媽和我跟蝦仔、狗仔趕回長屋去。」

我該去勸三叔。我去了，但三叔只答我一句話：「拉子婦天生賤，怎好做一世老婆？」

第五天傍晚，我和二妹悶悶地在河邊散步。二妹遠遠看見三嬸蹲著搓洗衣服。我們悄悄走過去。三嬸看見我們，立刻顯露出驚惶失措的神色，想把一些東西藏起來，可是已經來不及了。我們看見那幾條褲子上沾著一大片暗紅色的血。我默默走開去。

晚上，二妹紅著臉告訴我，那血是從三嬸的下體流出來的。她告訴二妹，近來常流這樣的血。我立刻去找三叔。

「三叔，你要立刻送三嬸去醫院。」我顫抖著嗓門，一字一頓地說，盡量把字咬清楚。

「最近的醫院在二十六里外，阿平。」三叔平靜地說。他的兩隻手一邊飛快地在算盤上跳動著，一邊在帳本上記下數字。

「三叔，你不能把三嬸害死。」我大聲說，幾乎要迸出眼淚來了。

三叔立刻停下工作，抬起頭來，目光在我臉上盤旋著。他似乎很憤怒，又似乎很詫異。半晌，他霍地站起來，說：「叫你三嬸來。」

二妹攙扶著臉色蒼白的三嬸走進來。

「阿平說要送妳到醫院去。妳肯去不肯去？」三叔厲聲說。

三嬸搖搖頭。

「阿平，」三叔回過頭來對我說：「她自己都不肯去，要你費心麼？」

翌晨，我和二妹告辭回家，三嬸和她的三個孩子一直送到村外。分手時，她低聲哭泣。

八個月後，三叔從山裡出來。他告訴家人，他把「那拉子婆」和她的三個孩子送回長屋去了。又過了四個月，也就是我來台灣升學的前幾天，三叔得意地帶著他的新婚妻子來到家中。她是一個唐人。

沒想到八個月後，拉子嬸靜靜死去了。

（一九六八年）

原收入《拉子婦》（台北：華新，一九七六）

圍城的母親

天終於暗了下來。河面上籠起了一層高高的煙霧，對岸一帶那望不見邊際的沼地叢林，霎時間變得異常晦暗起來。那邊什麼也分辨不清楚，只有幾棵特別長瘦的椰子樹，孤零零地聳向天空。今晚沒有風，也沒有月光。河面上一點動靜也沒有。

這幾天，天彷彿黑得比平日慢。從早上起，我便盼著天黑；等到天快黑的時候，我的心頭又焦躁不安起來。這時天黑了，母親還在園子裡。但我知道她也和我一樣，一整天焦急地盼著天黑。她在園子裡工作的時候，總是不時抬起頭來，望著天空，望著河面，半晌一眨也不眨。天黑了，她心裡越發感到不安吧？

我從屋子前面的一塊大石頭上站起來，進入園子裡。母親蹲在地上，拔著菜畦上的野草。我來到她身邊站住，她沒抬起頭來，只問了一聲：

「洗澡了嗎？」

我含糊地答應了一聲，然後站在一旁看著她將一株一株剛冒出來的小草拔起，丟進身邊的筐子裡去。我忽然有一種奇怪的感覺，母親並不知道她正在拔草。好幾次，她將菜秧當作野草拔起來，但我沒有阻止她。

太陽已經下山了，但母親依舊將她那條終年戴著的黑布頭巾裹在頭上。它早已褪色，變成一種半褐半灰的顏色。頭巾的邊緣露出幾根灰白的頭髮；母親真的老了。她蹲在園子裡，身上穿著褪色的黑布衣服，使她那瘦瘠的身軀顯得傴僂起來。雖然這時母親的臉龐隱藏在暮色裡，但她那張被太陽曝曬成褐色的臉，在我心裡比什麼都鮮明。

園子外面泥土路上走來一個人，悠哉游哉。他來到竹籬旁站住，伸出一隻手搭在籬子上，大聲招呼道：

「史拉末！您好。」

母親抬起頭來看了他一眼，同樣地回答一聲：

「史拉末。」

他咧開嘴巴笑起來。這個人身材特別瘦長，讓人一眼便認出他是鎮上洋行的經理。這個英國人平日喜歡咧著嘴向人笑，衝著孩子們，將他那兩撇長長的黃鬍子高高地翹起來，好不開心；鎮上的人都覺得，他和那些冷頭冷臉的英國人不一樣。這時他頭上歪歪地戴著一頂灰色的帽子，身上穿著一件很不合身的赭黃色警官制服，腰間掛著一把手槍。這身裝扮，越發使他的身材顯得細長苗條起來。

他指著園子裡那一顆顆盤繞在棚子上的青瓜，用生硬的客家話問道：

「這是煮湯用的念瓜？」

母親點點頭，他又咧嘴笑起來。母親躊躇了一會，用馬來話問道：

「拉子今晚會進城？」

那英國人立刻收斂臉上的笑容，沉默了一會才聳聳肩，搖搖頭，做出一個無可奈何的表情。他抬起頭來看看天空，又回頭望了迷濛的河面一眼，用馬來話對母親說道：

「今晚天好黑，你們要走就趁這個時候。」

母親沒有回答他。

他又在竹籬旁站一會，然後招呼一聲「史拉末」，向我揮揮手，轉身順著泥土路朝向鎮中心走去。

母親呆呆地朝向迷濛的河面眺望半晌。她驟然低下頭，一聲不響拔起畦上的野草來。

我心裡感到不安，忍不住要大聲對她說：「媽，我們今夜就走罷。」但我壓抑住了。母親何嘗不也想盡早逃離這個被拉子圍困起來的鎮子。好幾次她將貴重的東西收拾好，但最終又將它擱到一旁，我知道為什麼，我也不能責怪母親。

拉子們已經將這個鎮子包圍了三天。

不久以前，這一帶綿亙百里的河谷和兩旁的山地，遇到了幾十年不曾見過的大旱，接連三十多天一滴雨都不下來。那些疏疏落落散布在河谷裡和山地上的拉子村落，像發生了瘟疫一般。那陣子，鎮裡整夜聽見遠遠傳來沉重的鼓聲，像半夜鬼哭，鎮上人都知道拉子們聚集在曠野祈雨。白天，全村的拉子揹著各式各樣的盛水器具，在猛熱的太陽下，像沙地上行軍的螞蟻，走到有水的地方，將水揹回來，灑在變成石塊的土地上。等到一個月後第一場雨落下時，拉子們的稻子都已經死光了。饑荒跟著來到。起初，拉子們都到中國人的店舖賒糧食，但以後店家因為短了本錢，都不肯再賒。十幾天前的半夜裡，餓得發瘋的拉子竄進河上游的一個小市集，將整條街上的十多間店舖放一把火燒了，所有可吃的東西都搶走。傳到鎮上的消息說，有幾個中國店家被活活砍死，頭被割了去。以後接連幾天都聽說拉子們在上游燒店舖，搶貨物。但在城中大家都互相告慰：拉子們說什麼也不敢搶到縣城裡來。可就在四天前的半夜，拉子們掄著長刀斧頭，呼喊著竄進鎮裡來。英國人的洋槍早就擺好，等著拉子來犯。他們雇用的馬來警察也抖擻起精神，在鎮裡鎮外戒備。整夜都聽見槍聲。隔天一早，膽子壯的人走出屋子，看見泥土路上躺著幾十具拉子的屍體；那群馬來警察在街上高視闊步，往來逡巡。大家都以為拉子都被趕回村落，誰知他們都遁進了鎮子周圍那一片濃密得不見天日的叢林裡，將城圍了起來。鎮上人心裡都明白，拉子們只等一個夜黑風高的晚上，殺進城來。第二天夜裡城中便有人悄悄鑽出屋子，一家人搖著小船，逃到河下游的省城。到第三天夜裡，鎮上的屋子大半已經空了。

這時天更黑了。圍籬外面那十幾棵高大的漆樹像一面黑色大屏風，將天的半邊隔開來，因此從園子裡望出去，只能看見棧橋這一邊的河面，另一邊被大屏風遮住了。四周很靜，聽不見半點聲息。園子旁邊的屋子都沒有燈火，黑暗中看起來像已經多年沒人居住；只有較遠那邊有幾間屋子還透露出黯黃的燈光。

一隻狗從左邊巷子裡迤邐著走出來。牠垂著尾巴，不安地嗅著地面，鼻子發出濃濁的聲響。忽然牠仰起頭來，對著黑暗的天空發出一聲低沉的號叫，然後又絕望地垂下頭，一路嗅著地面走回那黑巷子裡去。這是一隻餓狗。我驀然覺悟：這個市鎮已經被拋棄了。

我回過頭來看母親。母親仍舊蹲在地面上，但她已經停止拔草；天太黑了，地面上什麼都看不清楚。母親的頭巾已經脫落，那幾綹灰白的頭髮在黑暗中顯得異常醒目。河面上的煙霧變得更加濃密。天入黑以來，棧橋那邊一直沒有動靜。但這時棧橋上卻有幾個模糊的影子在移動，過了一會，一隻船慢慢地離開棧橋，向河心盪出去。不一會，它的影子便消失在那排大漆樹後面。

母親從地面上站起來，靜靜地看著那隻離開的船，但她的臉龐一點特殊的表情也沒有。母親從不曾張嘴笑過，也不多說話，被太陽曬成褐色的臉龐只帶著默默吃苦的表情。

背後響起雜沓的腳步聲。我和母親回過頭去，看見園子旁邊的黃土路上有幾個人匆促地走了過來。他們來到竹籬旁邊，看見母親和我，便停下腳步。帶頭的那個中年男子用急促的聲調向母親說道：

「六嬸，我們家要走啦。拉子今晚會進城來喔。六嬸，妳和寶哥要早點打算才好。」

他不斷地用手擦臉，顯出焦急不安的神色。他是貴叔，父親生前的夥伴。母親一直想將他的大女兒桂姊娶來做媳婦，但貴叔說女兒年紀還小，過幾年再說。這時桂姊站在她父親身後，模仿拉子婦的裝扮，肩後揹一個竹簍，簍子上繫著一條用布編成的帶子，套在額頭上。貴叔肩膀上扛著一個大木箱，沉重得使他的身體傴僂起來。他的老伴手裡挽著兩個藤籃子，他兒子揹著全家的舖蓋。

但母親沒有回答貴叔的話；她靜靜地看著這一家人。貴叔抬起頭，望了望園子裡那幾十畦蒼翠欲滴的蔬菜，帶著惋惜的聲調勸母親：

「六嬸，妳得把這園子丟下啦。拉子一進城來，妳留在這裡也保不住它呀。」

他停了半晌，又急促地說道：

「六嬸，我們家先走啦。妳和寶哥早點打算啊。」

母親目送他們的背影到河邊棧橋上，又目送小船的影子消失在大漆樹後面，許久，才慢慢回過頭來。她彎下腰，拾起頭巾，重新紮在頭上，然後拿起盛草的筐子，轉身朝向屋子走去。她不時停下來，檢視那一顆顆攀延在棚子上的胡瓜和那一纍纍盤繞在竹竿上的四季豆，偶爾俯下身去拔幾根野草。

母親沒理睬我。我在菜畦旁邊的樹椿上坐下來，等她在屋子裡呼喚我。但母親一直沒呼喚我。過了半頓飯時刻，我走回屋子去。屋裡沒有母親的影子；我等了好半天，母親沒回來，我便走到屋子外面大聲喊母親，也沒有回答。四周靜得像深山曠野裡的夜晚。

我忽然想到一件事，便向屋子後面走去。黑暗裡，果然看見母親蹲在寮子旁邊的地面上，兩隻手抱住膝頭，出神地望著寮裡的雞群。雞都已經閉上眼睛睡了，只有幾隻睡眠不安的母雞不斷發出煩躁的咯咯叫聲。

每日早晚母親都要到寮子裡走動五六回。我小的時候，雞寮只是一個用竹子茅草胡亂地搭成的小棚子。父親死後不久，母親叫人重新修建，便是今天的規模——整排木條子釘的牆和鋁片蓋的頂，這可是周圍幾十里最有氣派的養雞寮。

我走到母親身邊，低聲呼喚她。

母親抬起頭來，看著我。她疲倦地說：

「寶哥，我們也走罷。」

她吃力地站起來慢慢向屋子走去。我跟在後頭。

母親站在屋子中央，靜靜打量四周。我忽然發覺屋子裡並沒有什麼東西可以收拾。裡面只有一張舊木桌，旁邊擺兩個木凳子。四面木板牆上什麼都沒有，只有西邊牆上貼著兩幅顏色早已晦暗的月曆畫，畫裡的女人穿著旗袍，咧嘴露齒地笑著；東邊牆上懸掛著父親和母親當年合照的相片。相片裝在鏡框裡，但已經由原來的黑色變成了黑褐色。相片裡的父親穿著照相館的寬大舊西裝，瘦癯的臉龐帶著牽強的笑容。母親坐在他身邊，顯得很年輕。每次看這張照片，我就會猜想母親年輕時一定長得很好看。她張著嘴唇開心地笑著，露出兩顆鑲金的門牙，身上穿著一件光采的唐裝，使她顯得更加年輕好看。但在平日裡，母親從不曾穿過這樣的衣服，她終年穿在身上的總是那幾件早已褪色的黑布衣褲，可我知道母親在箱子裡藏著幾件光鮮的衣裳。

母親走到照片前，伸手將它取下，用衣襟拭淨鏡面的塵埃，小心地放在桌面上，然後走進後面房間裡，拎出一個大皮箱來。皮箱裡存放著家中的貴重物件，裡面有各種契約單據和母親的首飾。母親打開箱子，將照片放進去。接著她便收拾衣服，將一部分塞進皮箱，餘下的全放進一個籃子，這樣便都收拾完了。母親站在屋子中央，長長噓了一口氣。

我站在牆角書架旁邊，默默看著母親。母親走了過來。

架子上的書也是母親的寶物。母親不識字，但她知道讀書的好處。她供我讀完鎮上的公學，以後又不斷央人從外面大鎮上替她買書回來給我讀。只要她看見我手裡拿著一本書，便很高興。母親最感得意的事就是鎮上人們都說，除了公學裡的老師，鎮上識字最多的人便要算我。架子上有父親留下的《楊文廣平蠻十八洞》、《封神榜演義》和《施公案》這一類發了霉的舊書；有我在公學讀的課本；有母親央人從大鎮上帶回來的什麼《海上花列傳》、《玉梨魂》、《茶花女》遺事一類的小說。後來公學裡年輕的張老師回唐山，將他的許多書送給我，說是新派文學家作的，要我好好讀。這些書母親都整整齊齊擺在架子上。

母親瀏覽了好一會，便走進房間拿出一個木箱來，吩咐我：

「寶哥，把書放進箱子，藏到菜園棚子底下。」

做完這件事，一切便都停當。但母親又走到屋後寮子裡，過了半天才回來。於是我揹著皮箱，母親挽著籃子，熄燈，鎖門，母子倆一前一後走出屋子去。在竹籬口，母親想到一件事，又匆匆回到屋裡。走出來時，她手裡提著一竹籃子雞蛋。

鎮上的燈火彷彿又熄滅了好幾盞。整個鎮子一片黑壓壓，四下散布的屋子閃爍著零星的燈火，東一點，西一點，乍看像墳場上的鬼火。那隻餓狗還在巷子裡逡巡。

我和母親靜靜地向河邊走去。我走在前面，母親跟在後頭，她不時伸手幫我挪動扛在肩膀上的箱子，這樣我就不會感到太辛苦。

走過公學的時候，我不禁感到一陣得意。公學的地大半是母親捐獻的，禮堂上貼著的徵信錄，領頭的便是母親的名字。在這一帶地方，這個公學算是最堂皇的學校。鹽木瓦片黑得像剛從窯裡拿出來的木炭，木板牆壁白得像用教室裡的粉筆屑塗抹過。禮堂大門上懸掛著一塊大匾，上面寫著七個金色的大字：北老坡中華公學。據說，這幾個字是董事會特地請國內的什麼大官題的。

河邊的小碼頭變得異常空曠冷清。平日看起來很短的鹽木棧橋，今天夜裡變得很長，直向河心伸出去。棧橋兩邊孤零零地浮盪著十幾隻船，其中四五隻漆成白色的是縣政府和洋行的船；平日密密麻麻擠在一起的船，如今都不見了。

往日，從黃昏一直到半夜，棧橋上總是擠著納涼的人們，到處是喧鬧的聲音，但這時整個碼頭空盪盪的只有英國人雇用的兩個馬來警員。一個坐在棧房的黑影裡，幾乎看不見；他靠在牆上，垂著頭，抱著他的槍。另一個靠著棧房的柱子站立，右手握住槍口，茫然地望著河面。各種難聞的氣味從碼頭的各個角落裡不斷地散發出來。

直到我和母親踏上棧橋，那坐著的馬來人才驟然抬起頭來。他看了我和母親一眼，又垂下頭去。那站著的警察一直看著河面，彷彿一點也不曾受到驚動。

我心裡忽然有一種奇異的感覺。母親和我彷彿被丟棄在曠野裡，四面都是陰暗的森林，靜悄悄一個人影也沒有。我轉頭去看母親，母親的臉龐並沒顯露特別的神色。她默默走著，好像完全沒有留意周遭的事物。

上了自家的船，我將纜繩解開，站在船後，搖起船槳，船便向河心直盪出去。船盪開去，盪開去，一直盪到大河對岸叢林下的暗影裡，我才深深地吸了一口氣，將槳放慢下來。

我禁不住回過頭去，只見整個小鎮宛如浮在水面上一般。鎮上有八九百戶人家，平日我總以為它是一個很大的城市，但現在從河的另一邊眺望，發現它原不比河邊那些尋常的拉子村落大多少。大河兩旁黑色的叢林向東、向西伸展開去，看不見盡頭的黑夜緊緊將它圍攏，只有幾盞黃色的燈光從鎮上的屋子照射出來，在河面上投下長長的倒影，不斷搖晃著。

我看見我們家菜園前面的一排大漆樹。它已不再是一面黑色的大屏風，將半邊天阻隔開來，而只是幾棵尋常的樹木，不過長得高一些而已。但這時在黑暗的河面上眺望它們直立的身影，我心裡有一種說不出的感覺。大漆樹的背後便是我和母親住了十多年的家園。

以前在唐山，我們家連一塊葉子大的土地都沒有，靠耕種別人的田過活。有一天，一支軍隊經過我們的村子，把剛收割的穀子搶去。家裡交不出租來，被地主逼得走投無路，父親這才狠著心離開家鄉到這番地上來。打拚了幾年，父親站住了腳，便索性把母親和我也接了過來。那時我只有五歲，而今已是娶媳婦的年紀了。

我回過頭來，心中思念起船艙裡的母親，便俯下身去看她。母親端端正正地坐在艙裡的橫板上，一動也不動，那雙眼睛在黑暗的船艙中發出兩點晶亮的光。她忽然開口說道：

「寶哥，我忘了在後門上多加一個閂子。」

我沒有回答她。

河面前方暗濛濛的一片，船就朝向不知盡頭的地方搖去。我不停地搖槳，彷彿有股力量在後面催逼我。等到我再回過頭去時，整個鎮子幾乎已經完全被黑暗的叢林和黑暗的天空吞噬了，但還有兩點黃色的光芒，在暗黃的角落裡閃爍著，不肯停熄。當它消失時，整個鎮子也就被吞滅了。整個天地變成黑濛濛不可分辨的一團，彷彿是混沌未開的世界，四周聽不見人聲。我一逕搖著槳，聽槳撥水的聲音，聽船頭剪開水面的聲音，聽岸上叢林裡數不清的蟲鳴，有時還聽見野猴哭泣般的叫喚。

對面岸上，密密的叢林向東向西向北伸展開去，誰也不知道盡頭在什麼地方；這邊岸上，密密的叢林也向東向西向南伸展開去，也不知道盡頭在什麼地方。只有這條黃色的大河滔滔奔流，在無邊無際的叢林中間劃下一道水路。我站在船後，凝視著水面。即使在黑夜裡，也可以看見河水渾黃的顏色。船在水上航行，就彷彿在泥坑裡行走一般。從上游不斷漂下一堆堆樹幹樹枝樹葉，也不知道它們在什麼時候才漂到河口，進入浩瀚的大海。倘若它們不斷地向北方漂去，是不是會有一天漂到唐山？

河面上一點風也沒有。河水的味道和沼地的味道混成一種刺鼻的腥味，十分難聞。這時早已看不見鎮子了，連它的位置也分辨不出來。我忽然想起父親和鄉親們剛來的時候，只憑著一雙手、一把斧頭和一柄鋤頭，就在太陽底下開起荒來，後來建立了一個鎮甸——拉子和馬來人心目中的支那城。但現在我和母親卻要從城中逃出來。四周安靜得很，河畔樹林裡除了蟲聲和野猴的哭泣，便沒有其他聲響。拉子們真的潛藏在裡面嗎？但我知道，母親是不會讓拉子們放一把火，將她的菜園和屋子燒掉的。

河面漸漸變得廣闊起來。

我猜母親這時已經閉上眼睛打盹了。當我彎下腰時，眼睛卻接觸到兩點明亮的光芒。母親並沒打盹，她一直挺直身子坐著，睜著眼睛，一動也不動。箱子擱在她身邊，兩個籃子擺在上面。母親一直守護著她的這副家當。

「寶哥，累不累？」

艙裡傳出母親十分平穩的聲音。母親平日不多說話，每次她開口，聲音總是這般平靜，沒有什麼特殊的聲調。我答道：

「不累。」

母親爬出艙門，坐在艙口，靜靜地看著船後渾黃的河水。她那黑色的頭巾已經鬆開，露出更多的髮絲。這幾年，母親的白髮漸漸增多，不出幾年便會滿頭白髮。母親的白髮雖然給她的臉龐增添了蒼老，但也更增添了莊重的神色。

母親忽然抬起頭來對我說：

「寶哥，把槳給我。」

我遲疑著沒答應。母親撐起身子，船搖晃了起來。我只得小心翼翼跟母親交換位置。

我躺在艙裡，鋪著加央席的艙頂彎彎地遮蓋在我頭上。艙很小，在箱子旁邊只能勉強地躺著。母親那雙裹在黑布長褲裡的腳，擋住艙口，我只看見槳在擺動。

河面已經變得十分寬廣。從艙口望出去，對岸的叢林模糊得只剩下一道灰黑色的線。水面上漂浮的樹幹樹葉越來越密集。天更陰暗了，黑沉沉地直壓在緩緩流動的水面上，彷彿是大雨前的景象。

我想起父親死的時候，河上正下著連綿五六天的大雨。母親帶著我站在棧橋上等待父親，但父親沒有回家。雨停歇了，下游鎮上的鄉親雇一隻船載父親回來。父親躺在擔架上，身上蓋著一條毯子。他的身體在毯子底下顯得異常的粗壯，我不敢相信他就是我父親。母親哭著要掀開毯子看看父親，但鄉親們拚命將母親拉開。母親哭了整整三天，不肯吃飯，也不肯睡覺。後來我才知道父親在大風雨裡翻了船，直到雨停後，屍體才漂到下游市鎮。

船忽然搖晃起來。船頭撞著漂浮在水面的一截樹幹，發出撞擊的聲響。我驚醒過來。不覺間，母親已經將船搖快。船頭在漂浮的一堆堆樹莖樹葉中間急速地划過去，發出滑喇滑喇的聲響；船身兩旁不斷濺起水花。船尾傳來船槳尖銳的碰擦聲音。

我急忙翻身坐起來，爬出艙口，仰頭看母親。母親緊緊握住槳，急速地搖著。她傾俯上身，身體隨著手臂一前一後急速地擺動著，胸脯也急速地起伏。船急速行進中，她的衣襟和頭巾飄拂起來。母親彷彿沉醉在搖船裡。槳聲中，我聽見母親喘息的聲音。

母親忽然停下手中的槳，讓船順著水流滑喇滑喇直盪下去。她仰起臉龐凝望河面前方。那兒一片黑暗，一片迷濛，方向幾乎無法分辨。

母親低下頭來，看見了我。我和母親互相注視半晌；我心裡好像明白了什麼。母親終於開口說：

「寶哥，我把船搖回家去好不好？」

母親帶著哀求的口氣對我說。我絲毫不感到驚詫，彷彿這是一件很自然的事。我答應：

「好。」

在黑暗裡我看見母親的眼睛閃爍著兩點晶瑩的光。但她立刻抬起頭來，挺起腰桿，搖動左手的槳，船頭便在河面上慢慢地調轉過來。

船頭一轉過來，母親便立即搖動兩隻船槳。船逆著水流，向上游划去。

從艙口眺望出去，河岸十分遼闊。前面不遠的一處轉彎，兩邊河岸猝然交會在一起，形成暗濛濛的死角，分不出哪裡是天，哪裡是水。河面的水流漸漸停頓下來，但這條挾著從上游帶下來的殘枝斷木的水流，勢頭卻依舊十分強勁。越近下游，水越渾黃，濃濁得看不見樹木的倒影。船頭劃開凝聚成一團的水面，有如撕裂一張堅韌的帆布。

我抬起頭來看母親搖船。她微微地仰著頭，挺起堅實的肩膀，兩隻腳穩穩地踩在艙板上。她的手緊緊握住槳，一前一後推著搖著，搖著推著；胸脯隨著船槳的擺動，一起一伏。她那整個身子也在有節奏的擺動中。船在母親的操持下，穩健得像一隻踱著方步的水牛。

我鑽進艙裡，躺了下來，閉上眼睛，心裡忽然有一種愜意的感覺。

醒來時，前面艙口已經出現兩點晦暗的黃光。我爬出艙口，發覺河面已經變得窄小，對面岸上的叢林也顯露出身影來。前方，兩點黃光微弱地亮著，彷彿黑雲滿天的夜裡忽然透射出兩點星光來。

母親靜靜搖著船。她的頭微微垂下來，頭巾已經完全鬆開，額頭上的髮絲凌亂地散開來，和汗水沾黏在一起。她微張著嘴，喘著氣。握住槳的兩隻手仍舊有節奏地搖動著，但每一次推拉，彷彿都得送出一個很大的力氣。母親身上幾處，她的黑布衣服緊緊地浸貼在汗水裡。我連忙說道：

「媽，讓我搖吧。」

母親終於停下槳來。她在艙口坐下，喘著氣，用衣襟擦拭臉上的汗水。

前方的黃光已經變成三點——其中最亮的一點，我一眼便認出是縣政府門前的大油燈。但四周靜得很，很久才聽見野猴的幾聲尖號。

母親的喘息聲已經停止。她閉上眼睛，倚靠著箱子打盹。但她並沒沉睡過去。我們那座小鎮完全顯露出來的時候，她爬出前艙口，在船頭上坐下來。

鎮上的燈火零零落落，在黑暗的天地中，映照出鎮甸的位置。母親凝視著燈光，她那張臉龐沉靜得就像神龕裡的觀音。

船向碼頭搖過去，我看到了棧橋黑魆魆的形影。我將槳停歇下來，疑惑地打量這座橋。它孤單地伸向河面，橋下彎彎曲曲的樹幹挨擠在一起支撐著它，宛如一隻大爬蟲的骨骸，高高地露出水面上。橋下空盪盪的只有四五隻漆成白色的縣政府和洋行的船。

船慢慢地搖進來時，從碼頭那邊黑暗的角落裡閃出兩條人影，停駐在棧橋上。

我小心翼翼將船停靠到棧橋下，跟母親爬上梯子。兩個端著槍的馬來警員愣愣地看著我和母親，半晌沒吭聲。母親蹲下身來，從籃子裡摸出兩包水手牌香菸，塞進那兩個發愣的馬來警員手裡。兩個馬來人黑臉上立刻眉開眼笑，一疊聲道謝，並且走過來，幫我將箱子揹在肩膀上。離開碼頭時，我回過頭來，看見兩個警員把玩著手裡的水手菸，好久只顧望著我和母親，一臉困惑。我不禁啞然失笑。母親隨身的籃子裡總是放著幾包水手菸，但母親自己從來不吸菸。

碼頭附近完全不見燈火，街弄裡沒有半點聲息。鎮上的屋子像幾百個木箱子堆在一起。倘若有人在這一頭的屋子點一把火，另一頭的屋子，不過一眨眼工夫，便會熊熊燃燒起來。學堂就像最大的木箱子，單獨放置在鎮心，小箱子在四周環繞它。它顯得很得意。

母親在前面急速地走著，手裡挽著兩個籃子。我看著她的背影，不覺發起呆來。母親的身材原比這鎮上一般中年婦女瘦長，並沒有她們那樣的臃腫胴體和豐壯臀部，但這時我卻發覺，母親的腰肢開始粗大起來，走路的時候顯得有些沉重。

走近屋子時，我彷佛第一次看清楚它的樣貌。屋裡沒點燈，木板牆壁變得十分晦暗，乍看，就像拉子們在山邊開荒種穀時蓋的草寮。

母親推開柵門。她忽然在柵門口停下，回過頭來。

我隨著母親的視線望去。泥土路對面是一幢沒有燈光的屋子，牆腳下有一個影子。它蹲伏在地面上，一動也不動，好像一隻狗；但仔細看時，我發現它是一個人。

母親走過去，停在它面前。她忽然轉過身來，匆匆走進柵門，一下子便消失在黑暗的園子裡。兩個籃子擱在柵門口，沒帶進屋裡去。

我放下肩膀上扛著的箱子，向它走過去。在它面前站住時，我便立刻認出這個老人。

他傴僂著身子，坐在一張破席上，兩隻鳥爪般的手端端正正放在屈起來的膝蓋上。他的頭微微仰起來；那張幾乎看不見嘴唇的嘴巴，不停地顫動著，彷彿喃喃自語。在黑暗的角落裡，他的眼睛發出晦暗的光芒，像一隻被主人拋棄的老狗。鎮上誰都見過這年老的拉子。從我懂事起，我便知道有這個老人。他終日弓著身子，在街上走動，嘴裡喃喃地說著只有他自己才明白的話語。有時他替人家劈柴，有時幫人在棧橋上搬貨物，有時給學堂的老師做些雜事。晚上他便睡在學堂裡；晴天夜晚，他就鋪一張破席子，睡在街頭或棧橋上，誰也不知道這個老拉子的來歷，也沒有人問過，大家只知道他是一個拉子，一個沒有人看顧的老拉子。印象中，我小時候他便已經老得直不起腰來。

我忽然想起我和母親離開時看見公學大門已經上鎖，老師們都已經離開，逃命去了。

我回過頭去，看見屋裡已經亮起燈火。不久，母親從園子裡走出來，拎著一盞油燈。她悄悄來到老拉子身邊，將手裡端著的一碗白飯遞給他。

暗黃的燈光下，老拉子伸出兩隻不停地抖索著的手，接過母親手中的白飯，嘴裡喃喃地道謝。他低下頭，用鳥爪般的手攫起一片冷豬肉，塞進嘴洞。他臉上薄薄的肌肉早已鬆弛，當他用幾顆殘餘的老牙咀嚼時，面頰上的肌肉便有節奏地顫動起來。他身上只有一件分不清是青是黑的短袴，上身完全袒露，肩膀和胸脯暴露出一節節嶙峋的骨頭。太陽曬了他幾十年，他身上和臉上到處是風吹日曬的痕跡，現在他已經老得像一隻多活了十年的老狗。我忽然想到，人老的時候便都是這個樣子，分不出誰是拉子誰是支那人。

老拉子低著頭，一個勁將白飯塞進嘴巴。母親已經回到屋裡。我正要離開的時候，看見那隻餓狗垂著尾巴嗅著地面從巷子裡迤邐著走出來。牠看見人的影子便停下腳步，抬起頭疑惑地看著，伸出舌頭喘氣，然後慢慢走過來站在老拉子身邊，向他發出一聲低號。老拉子抬起頭來看牠一眼，便從碗裡揀出一根帶肉的骨頭丟給牠。牠撲上去咬住肉骨，發狠地咀嚼起來，喉嚨裡不時發出低沉的號叫。

我站在一旁，呆呆看著老拉子和餓狗依偎在一起咀嚼食物，一時竟分辨不出誰是人，誰是狗。

空氣中有了些許寒意。河面上的天空聚起一堆烏雲，停在那裡，不肯移動。我轉過身來，揹起箱子，走進園子裡。

屋裡油燈亮著，但母親不在家裡，兩個籃子擺在地面上。我走進母親的房間，她也不在那兒。我知道母親三更半夜又到園子裡去了。

我在園子裡的茅棚下找到母親，她靜靜地坐在一塊石頭上。那隻滿裝著書的箱子就擱在她身旁。我不敢驚動她，自己回到屋子裡去。

我在桌旁坐下來，用手支著面頰。暗黃的油燈照著四周的牆壁，使斑駁的牆壁顯得更加晦黯。牆上月曆畫中那個穿著旗袍咧嘴露齒的女人，笑得更加放蕩；父親和母親的照片卻變得模糊起來。

園子裡，蟲兒爭著鳴叫。除了蟲聲，外面一點聲息也沒有。牆上的大掛鐘指向一點。

這是一個安靜得使人心頭不安的夜晚。聽不見狗兒的號叫，聽不見半夜驚醒的孩子的哭聲。地面上一切彷彿都已經沉睡了。

世界沉睡了。

我好像想了一些事情，但也好像什麼事情都不曾想過；到後來，我什麼都不想了。我又看到了那個怪異的世界，那些怪異的人——認識的和不認識的，以及那些顛倒不清的事物。它們有時顯得很陌生，有時顯得很熟悉，彷彿是我經常在惡夢中看見的景象。

我確確實實聽見一陣槍聲，又聽見有人在呼喊。但聲音彷彿從很遠的地方傳來，穿透過黑夜裡濃重的空氣，來到我耳邊，變得不可捉摸。這些聲音後來全都消失了。我只看見那些顛倒不清的人和事物，再也聽不見那陣陣槍聲和呼喊了。但我發誓我真的曾經聽見這些怪異的聲音。

醒來時，陽光已經從窗口照射進來。我爬下床，鑽出屋子，走進園子裡去。

園子明亮得像抹上了一層薄薄的奶油；蔬菜的葉子在陽光下閃爍著身上的露珠。地面有一點潮溼，踩在上面，腳底覺得清涼。太陽掛在大漆樹梢，陽光穿透過濃密的樹枝和葉子，灑照進園子裡來。夜裡看起來像一面黑屏風的大漆樹，這會兒身上閃發出耀眼的光芒。

母親站在圍籬旁。我走到她身邊，她沒回過頭來，只顧靜靜地看著泥土路的那一邊。隨著母親的視線，我看見那邊一幢屋子的牆腳下，有一個人躺在破席子上。他身上只穿一件分不清是青色還是黑色的短袴，像一隻死去的老狗，仰天睡在那裡。席子上淌著猩紅的血；血從袒露的胸膛流下來，已經凝結。明亮的陽光灑在他身上，使他的血發出晶瑩的光。他睜大眼睛，恐懼地瞪著燦爛的天空；他那張嘴巴像白癡一般嘻咧著，露出一顆汙黑的犬牙。灰色的陶碗擱在他腳邊，碗裡很乾淨，什麼也沒有。

泥土路那邊走來一個人，腳步輕快。他來到圍籬邊，伸出一隻手搭在柵欄上。他那異常瘦長的身軀弓起來，彎成一個弧形。他的帽子斜斜地戴著，露出額頭上一叢褐色的髮絲；身上那件寬大的警官制服汗湫湫，沾著泥巴和血。我看見他腰間掛著的手槍。他瞅著我，咧嘴笑起來，被太陽曬成紅褐色的臉龐散發出光采。

「史拉末！您好。」

母親沒答理他；她靜靜地看著他。這個英國人又咧著嘴笑起來，用輕快的聲調說道：

「我們把拉子全都趕走啦。」

他看著母親，等待著，臉上帶著愉快的表情。但母親沒有開口。英國人等了一會，伸出手臂指著園中那一畦畦濃綠的蔬菜，問道：

「芥藍？」

母親點點頭。他咧開嘴巴，又說了一聲「史拉末」，然後朝我揚揚手，悠悠閒閒向鎮中心走去。

母親呆呆地站著。半晌，她在地面上蹲下來，摘掉那一片片被蟲嚙過的菜葉。

河面水光閃漾，耀眼的陽光下，明亮得宛如一面鏡子。

（一九七〇年）

原收入《拉子婦》（台北：華新，一九七六）

支那人——胡姬

她從屋子裡出來，看見外面太陽光一片燦爛。

她站在土階上，看了一會，便走下階，來到澗水邊。

昨天夜裡下了一場大雨，今天早上澗水漲得很高。那一道用兩株合抱的大樹攏成的橋，浸在水裡有兩指深的光景。澗水從山中蜿蜒流下來，非常清澈。兩岸樹木幽深，帶著昨夜的雨水，變得異常的蒼鬱。赭紅的水面上，密密地漂著赭紅的葉子，在陽光裡，不斷地閃著露光和水光。她看著盈盈的澗水，不覺浮起一種渴望的感覺。

她想起自己昨夜在屋子裡，聽了一夜的雨聲——聽著雨打著攀附在澗水岸邊老樹上的胡姬花，宛如夢魅一般。她仰起頭來，向那老樹看去。在燦爛的陽光下，那一簇簇霑著昨夜雨露的胡姬，閃著露光水光，變得十分嬌豔。這時一隻纖小的松鼠，從樹梢頭沿著樹幹直竄下來，後面跟著竄出一隻碩壯的松鼠，緊緊地追著；兩隻松鼠在樹腰上，不斷地追逐。

她看了半晌，才低下頭來，向澗水的那一邊看去。那邊田野上，一片疏疏地長著的荷蘭薯，也在它們的葉子上，不斷地閃著露光水光。那些紫紅的薯莖，映著陽光，如竹一般的挺拔，一株連著一株，一路綿延到森林邊沿去。在那裡，高聳的樹木也向著璀璨的天空，閃著露光水光。森林背後，有一溜邃藍的山，把極目所及的地方，遠遠地環抱起來。

泥土彷彿變得異常的柔軟和溫潤，在純白的光華裡，它也一樣閃著露光水光。

她聽見後面響起輕捷的腳步聲，回過頭去，看見老人走下階來，在階腳上站住。

老人靜靜地看了一會，他忽然俯下身來，用食指挖起一撮泥土，拿在眼前，仔細地看著，然後又在指頭上磨搓了一下，若有所思地點點頭。他再抬起頭來，看著閃著露光水光的荷蘭薯園。陽光灑在他的臉上，他擡起眼睛來，古銅色的額頭上，現出一溝溝整齊的深紋。他打著赤膊，只在腰上繫著一件土藍短袴，腳也赤著，身上到處暴露著嶙峋的骨骼，被古銅色的皮膚緊緊地裹起來。

她匆匆走進屋子裡去，拿著一件土黑的斜紋布工作衣出來，遞給老人。老人接過來，掛在肩膀上，說道：

「我這就去喊老蘇來，那羊病得快要死了。妳在家裡等著他們來罷。」

老人一邊說著話，一邊轉過身，匆匆走到澗水邊去。在澗水邊，他停了下來。終於他說道：

「我下午再去罷。」

她沒有出聲，默默地轉身走進屋子裡。老人也在屋簷底下拿起一隻盛羊乳的鋁桶，跨進羊圈去。

在屋子裡，她聽見老人喊她，便匆匆走出來，進入羊圈裡去。老人把一杯羊乳遞給她。她接過來，一口氣喝下。然後她走到病羊的身邊，蹲下去看牠。那生病的母羊躺在草地上，睜著紅晶晶的眼睛，靜靜地喘著氣。

她一邊伸出來撫著牠，一邊想著。老人說，年輕的女人每天喝一杯新鮮的羊乳，強過吃人參。但她實在不喜歡羊乳的羶味。每天總是屏著氣，勉強嚥下咽喉去。她一定要想出一個法子告訴老人，她不再喝羊乳了。她今年二十五歲，身體十分結實，不必喝羊乳的。

陽光從樹枝的縫隙間透射過來，她那古銅一般的皮膚，正映著陽光，鮮明地泛發著潤腴的紅光。她的鬢角和鼻子的兩旁，密密地綴著晶瑩的汗珠。

一隻渾身漂白的小羔羊，向她飛躍過來。牠依在她的身旁，小臉在她豐實的大腿上輕輕地擦著，嘴裡發出細銳的哶哶聲。她把牠抱起來，放在懷裡，讓牠緊緊地偎著自己豐實的胸脯。

屋子下面，盈盈的澗水在幽深的樹木之間，慢慢地流著，不斷地發出呢喃的聲音，她一邊靜靜地聽著，一邊想著昨晚的豪雨。

她想起她嫁給老人的那天晚上，一夜狂風豪雨，沒有停歇，第二天早晨，她從屋子裡出來，走下土階，來到澗水岸邊，看見澗水漲得很高，心裡不禁感到莫名的喜悅。也是在那個早晨，她看見了老樹上的胡姬。那一簇簇的胡姬，承受了一夜的雨露，出落得異常的嬌豔。一直到七天以後，澗水才開始慢慢退去。可是在這七天裡，豪雨沒有再來過。老樹上的胡姬失去嬌豔的神采，開始憔悴。她渴望著雨，渴望著澗水氾濫起來的一天。但是自從她跟了老人之後，澗水便不曾氾濫過。而往後的日子裡，豪雨並不常下來，有時下得十分的稀少。在苦旱的季節，澗水便漸漸乾涸，最後只剩下一道纖細的水流，斷斷續續地淌著。那時，她常常獨自坐在澗水邊，看著老樹上憔悴的胡姬，半天一動也不動。

有一日傍晚，她看見老人在強烈的夕照裡，手中提著一桶渾濁的澗水，靜靜地站在那岸邊的老樹下，仰頭望著樹上失去光彩的胡姬，半天才廢然回到屋子裡來。從此她便知道，老人心裡也明白她愛那老樹上的胡姬，後來她也知道，在苦旱的日子裡，老人很少對她發脾氣，平日老人的脾氣十分暴躁。

一架銀色的飛機，轉著巨大的螺旋槳，從東北方的天角竄出來。她仰著頭看它凌空慢慢飛過去，在天的另一邊消失。

當她把視線帶回地面時，她看見園外的馬路上，揚起一圈圈紅色的塵土，不斷地飄落在園子裡。她聽見老人喃喃地罵了幾聲。汽車的聲音漸漸大起來。忽然車完全停住了，塵土也漸次平息。路那邊響起一陣尖銳的喇叭聲，園裡的羊群不安地哮叫起來，她聽見老人又喃喃地罵了幾聲。等她回過頭去時，老人已經提著桶，走出羊圈去。老人大聲喊道：

「嗨──他們來了！」

她把小羊從懷抱裡放下來，也站起身，走出羊圈去，在階上靜靜地等著。羊在她身邊的圈子裡，不斷地發出愜意的哼聲。

老人走下土階，到澗水邊去。太陽已經升到澗水邊的樹腰上，陽光透過葉子，在老人身上密密地印著無數的紋點。老人手裡拿著那土黃工作衣，不停地揩著臉上和身上的汗珠。

終於從荷蘭薯園裡的小路上，走來兩個大人和兩個小孩。他們的腳步非常輕捷，一下子便到了澗水邊。昨夜漲起來的澗水已經將橋淹沒，他們渡不過來，便在岸邊站住，一齊舉起手來，向老人擺著。老人一邊向他們揮著手裡的衣服，一邊大聲喊道：

「你們等著。我來給你們擺一座橋！」

她看見老人向她招手，但一時之間，竟不知覺，依舊靜靜地站在土階上，看著那四個大人和小孩並排站在澗水對岸。在耀眼的陽光裡，他們宛如一面潔白的屏風。

「嗨──」

聽見老人呼喊她的聲音，她醒覺過來，連忙走下階去。

她一路下去時，不覺將眼睛盯在老人的兒子身上。他的身材十分魁梧，和他潔白的皮膚，很不相稱。他身上穿著潔白的運動衫和潔白的運動袴，腳上是一雙潔白的運動鞋和英國式的潔白長襪，方方正正的臉龐上戴著一副寬大的黑框眼鏡。他的妻子站在他的身邊，顯得十分纖弱。她穿著一襲白底碎花的淡素洋裝，撐著一把鵝黃的女裝洋傘，十分的嫻靜，嘴角邊掛著矜貴的微笑。老人的一對孫子和小孫女，在父親和母親的身邊，像一對擺在城中大商店櫥窗裡的洋囡囡。那小男孩忽然俯下身來，揀起一個鵝卵般大的石頭，使勁扔在水裡。澗水濺起大人般高，老樹腰上互相追逐的一對松鼠，受了驚嚇，直向樹梢頭竄上去，不見了蹤影。男孩拍掌大笑起來。

她在澗水的這一邊看著，心裡不覺生氣。她默默地跟著老人，把兩株去年砍伐的樹幹，曳到澗水邊去。但是澗水漲得很高，把兩株樹幹擺過澗去，十分困難。老人踏著浸在水裡的橋，涉水過去，要把樹幹的那一端穩在岸上。但是擺了半天，還是擺不穩。老人忽然鬆了手，任那兩株樹幹被水流挾著，向下游撞去。她看見老人挺起身來，狠狠地瞪了他的兒子一眼，然後轉過身來，涉著水，潑喇潑喇地回到這邊岸上。腳一踏上了岸，老人便大聲喊道：

「你們還發什麼愣呢？把鞋子脫下來，走過來罷！」

她看見老人的兒子和媳婦互相看了一眼，慢慢俯下身來，脫下鞋子和襪子，擺在岸邊，然後各抱著一個孩子，小心地踏著水裡的橋，慢慢渡過來。她和老人站在水邊，等著他們踏上了岸，老人便大聲說道：

「怎麼樣？水還不凍死人罷！」

老人一邊說著，一邊把掛在肩膀上的衣服丟給他兒子，說道：「叫你媳婦也把腳擦乾來，不要凍壞了。」

然後老人向她大聲吩咐道：「妳到屋子裡去，拿兩對木屐來。」

她立刻回身走上土階，進入屋子裡去。當她拿著兩對舊木屐出來時，看見老人和他的一家在澗水岸邊歡聚。那小男孩親熱地拉著老人的手，依在他的身邊。老人的媳婦站在一旁，嫻靜地看著他們父子祖孫四個人，嘴邊一直掛著矜貴的微笑。她不覺發了呆，拿著四個木屐，站在土階上。

一會，她才走下階來，把兩對木屐擺在老人跟前，然後慢慢地走開去。在十步外的地方站著，悄悄地看老人一家歡聚。她看著那小男孩一下子抱著祖父赤著的腰桿，一下子又把小臉龐貼在祖父粗大的掌上，不禁想道：要是她也有一個孩子，她每天都會看見他在老人的身邊跳躍玩耍。她悄悄地把自己的左手舉到眼前，看著自己手背上古銅色的皮膚，心裡想道：倘若自己果然生了一個孩子，這孩子一定是一個紅棕棕的精壯小孩（和那潔白的小男孩不一樣），因為她的母親是一個拉子婦，拉子的皮膚是棕色的。

她忽然聽見那小女孩嚷起來。這小女孩一直靜靜地拉著她母親的手，依在她身邊，不敢說話。這時她高高地舉起手來，用小小的飛指頭指著潤水岸邊老樹上的胡姬，嚷道：

「我要那個花，我要那個花！妳摘給我！」

老人的媳婦連忙俯下身去哄她，哄了半天，小女孩還是要人給她摘胡姬，不肯罷休。老人的兒子忽然高聲說道：

「好，回頭我們回家的時候，一定給妳摘下來，好不好呢？」

他的聲音十分宏壯，小女孩滿意地說了一聲「好」，便靜了下來，依舊拉著母親的手，依在母親身邊。

在十步外的地方，她靜靜地看著小女孩嚷著要摘胡姬，心裡覺得很生氣：他們真要摘我的胡姬花？他們每一趟來都沒安過什麼好心意，這趟他們一定要把滿樹胡姬摘得乾乾淨淨，讓那老樹孤零零的沒人作伴。

「我們上屋去罷。」

老人說著，領著他的兒子媳婦和孫子們，向土階那邊走過去。在階腳上，他們站住了，齊回過頭來看著她。——等著她？她不覺呆了一呆。等到她舉起腳步向老人家走過去時，他們已經回身拾著土階，向屋子走上去。

她跟在老人一家後面，走進屋子裡。屋子裡地方很侷促，但收拾得很有條理；那黃土打的地板，打掃得十分清潔。老人命他的兒子媳婦和孫子們，圍著木桌子，團團地坐下來。

她在旁看著老人一家都坐定了，不等老人吩咐，便連忙走進後面的廚房裡去。各式的點心在昨天就已經準備著，她很快便張羅停當。上個禮拜日，老人接到兒子的信後，立刻就趕著上鎮去，購辦各色罐頭和大蒜香菇臘味等種種貨品，昨天傍晚，老人便把各樣的菜預先安排停當，只等今天早上他兒子一家到後就下鍋去。他不住地嘮叨她，說她跟了他這些年，還只會燒拉子菜，不會燒支那菜。老人平日最喜歡向人誇耀，說他當年從家鄉到婆羅洲來時，最初便是在四海通的老店裡管伙食，當了三年的伙頭軍，才到別處去發財的。如今一盤盤的菜，整整齊齊地擺在灶頭邊上，只等老人回頭親自下廚，燒出一盤盤拿手好菜來。

她用盤子端著咖啡和點心，走進屋子裡去。

她進去時，正聽見老人對他的兒子媳婦說道：

「以前在家鄉的時候，春天裡，日日下雨。一下便是二十天半個月。河水都漲得很高。那時我年輕，身體又結實，日日在水裡頭作混江龍。怎麼像你們這些年紀輕輕的人，怕水怕得這個樣子呢？春天水一漲，便要很多日子才退去。我們年輕人熬過一個冬，見了暖暖的水，都樂得很。咳，這些都是過往的事了。如今我已經是五十出尾的人了，見了水，也不能像年輕時一樣的放縱去做混江龍了。」

他對著兒子媳婦吁噓了一會，他兒子也跟著父親吁噓著。

她在旁聽了，也覺得有趣。這是她第一次聽老人說他年輕時在家鄉的事情。老人從來不對她說起這些過往的事。她也不敢問，怕老人說她不懂支那人的家鄉事。

她把點心擺在桌子中央。那小男孩忽然伸出手來，小指頭急速地在她的腕上的金釧子上捺了一下，然後縮回手來，朝她笑一笑。她覺得十分困窘，抽回手來，開始在老人的杯子裡傾入咖啡，她看出老人今天面對著他的兒子媳婦和孫子們，十分歡喜。他那飽經風霜的臉龐脹紅著，彷彿喝了兩杯五加皮。他開始問他兒子在機關裡工作的情況。她聽見他大聲說道：

「我告訴你，英國人不必怕他。你越怕他，他越欺壓你。我跟英國鬼頭尾交涉了不知有多少百回，他們那一套有哪一些能夠瞞得過我的？跟我說，你在機關裡做事，那些紅毛鬼待你怎樣？欺壓過你沒有？」

她聽見他的兒子哈哈大笑起來，她正要把咖啡傾在他的杯子裡，聽見他的大笑聲，不覺怔住。但他立刻止住笑聲，靜靜地看著她把咖啡傾在他前面的玻璃杯子裡，等咖啡傾滿了，她才看見他點了一下頭，然後抬起頭來，微笑著看著他的父親，沒有回答。她聽見老人的小孫子搶著答道：

「公公，好多好多紅毛人到我們家來玩呢。他們都是爸爸和媽媽的好朋友，爸爸要我們喊男的紅毛人盎可，喊女的紅毛人盎地。爸爸跟他們一塊喝酒，一塊打羽毛球。媽媽也常常跟他們一塊打羽毛球。」

她一邊伺候著咖啡，一邊聽著小男孩說話，忽然覺得心裡頭很不適意。她悄悄地看了老人一眼，果然看見老人把眉頭蹙了起來，看了他的媳婦一眼。他的媳婦端莊地坐在木凳上，一直十分嫻靜地微笑著，沒有說話。她不禁感到莫名的困惑：城裡的支那婦人都是這樣不愛說話的麼？老人忽然不耐煩起來，向他兒子大聲問道：

「你說有事情要跟我商量，什麼事？是不是又是那回事？是那回事，我便不聽，你趁早別提的好。」

又是那回事。她早知道他兒子每趟來這，都沒安過什麼好心意。最最了不得也不過收拾起包袱來，回到娘家去，他們還以為我捨不得呢。她想著，心裡不覺十分憤懣。她倒過頭去，看了老人的兒子一眼。老人的兒子顯出一臉踟躕的神態，彷彿在沉吟著。一會，他輕輕地側過臉來，睨了她一眼。老人瞪著他的兒子，對她揮揮手，說道：

「妳出去看那頭病羊，餵牠喝點水。」

她靜靜地放下咖啡壺，沒有回頭，一直走出屋子去。

走出屋子來，她感到一陣迷惘。這時外面的陽光越發燦爛。澗水岸邊老樹上的一對松鼠，在胡姬花旁不停地跳躍。忽然那纖小的一隻掉過頭來，向她瞪了一會，然後沿著樹身，向樹上竄去，那碩壯的也在後面追著，兩隻松鼠一齊消失在樹梢裡。她看著，不覺呆子。

羊在她身邊的園子裡低聲地哶著，她回過頭來，走進羊圈裡去。她在病羊身邊蹲下來，看著牠。那渾身漂白的小羔羊又向她飛躍過來，她把牠緊緊地攬在懷裡。

天空一片無邊的深碧，綴著魚鱗般的薄雲，十分的深邃和明朗。以前她在娘家的時候，常常在晴朗的日子裡，一個人在闃無人跡的野地上，放恣地舒展著四肢躺下來，靜靜地睡半日。跟了老人以後，她不敢再在白日裡仰天睡在野地上，因為她怕老人責罵她野氣，拉子脾性改不了。

她想起有一日下午。老人在鎮上還沒有回來，她一個人在家裡。天忽然颳起大風，下起大雨來。她跑出屋子，走進羊圈裡，仰天倒在草地上，緊緊地閉起眼睛來，讓大雨劇烈地打在她的身上。羊在雨中擠在一堆裡，在她身邊不斷地發出悲哀的哶聲。老人晚上回到了家裡，看見她抖嗦著躺在被窩裡頭。他什麼也不說，耐心地照護她，直到她病癒了。但她知道，老人心裡明白，她那天在大雨裡淋了一個下午的雨。

路那邊又揚起了一圈圈的塵土，一輛卡車駛過去，聲音非常巨大。車聲消失後，那些紅色的塵土還停留在半空中，不肯平息下來。

屋子裡老人說話的聲音忽然大起來。在屋子外面，她聽不清楚老人說什麼，但她知道老人正在發著脾氣。上一回老人的兒子和媳婦來看他時，他也發過脾氣，把兒子媳婦趕回城裡去，說叫他們回城裡去享他們自己的福，他並不稀罕，不必他們費心。

懷裡的小羊忽然悠悠地叫起來。她低下頭去，看見牠正猛烈地擺著頭，扭著嘴，和一株嵌在齒縫裡的草爭鬥著。她不覺大笑起來，伸手把草從牠嘴裡拉出來。當她抬起頭來時，看見老人的媳婦和她的兩個孩子，站在圈子外看著她。

老人的媳婦端莊地站在圈欄外，一隻手扶著她的鵝黃洋傘，那小女孩和她母親一樣的端雅，靜靜地看著羊。男孩把手攀在圈欄上，不斷地搖晃，學著羊叫。

她接觸到他們的眼睛。一時間互相看著。

圈裡的羊似乎一直沒有理會來訪的客人們，只顧自己低頭吃著草，不時發出愜意的哞聲。小羊忽然從她的懷抱裡掙扎出來，向右邊角上的一堆羊飛躍過去。那男孩「哇」的一聲，拍著掌驚呼起來。老人的媳婦也在那一剎那，輕輕地牽動嘴角，笑了起來，露出細碎潔白的牙齒。但她立刻回身，牽著兩個孩子，慢慢地拾著土階走下去。

老人的聲音又高了起來，傳到屋子外面，她不由自主地靜靜聽著。一會，說話聲忽然中斷下來，接著響起一個拳頭擂在桌子上的巨大聲響，然後便是一陣靜默，屋子裡似乎沒有一點聲息了。

她向澗水那邊看去，她看見老人的媳婦牽著那兩個孩子，在澗水邊上慢慢地走著；她看見她俯下身來，摘了一朵鵝黃的小草花，別在衣襟上。忽然她聽見身邊的病羊沉瘂地叫了兩聲，便陡然想起老人的吩咐，連忙站起身來，走出羊圈，在屋簷底下提了一隻盛滿著水的桶子，又走回羊圈去。當她經過屋子門前時，屋子裡匆匆走出一個人來，和她打了一個照面。她不覺吃了一驚，桶裡的水濺出來，潑在她自己的身上。那人向前走了兩步，忽然回過頭來，瞪了她一眼。這一剎那，她把他的臉孔看得十分清楚：他臉孔紅著，薄薄的嘴唇緊緊地閉著，粗重地喘著氣，她呆呆地站在一旁，等到老人的兒子走下階去了，她才提著桶，慢慢地走進羊圈裡去。

她把桶裡的水倒進槽裡，拉到病羊的跟前，然後俯著身，餵牠喝水。一會，她聽見園子外面響起汽車開動的聲音；接著，她看見馬路上揚起一圈圈的塵土，一圈追趕著一圈，在半空中不斷地飛舞，半天不肯停息。她目送著最後一圈塵土在山那方瀰漫開來。

她低下頭去，看見自己的裙上溼了一大片。她在椅子上坐下來，輕輕地揉著溼了的裙子。這襲水藍色的洋裝，是她今天特別穿著的，平日鎖在櫃子裡。園外馬路上的塵土，這時海在半空中浮蕩。她心裡知道：不十分多天之後，老人的兒子和媳婦又會再來看他的。

下面那株老樹上，那一雙松鼠還不停地在枝幹間互相追逐。一朵怒放的胡姬忽然從老樹上飄落下來，在盈盈的水流中旋轉，十分自在。

她陡地站起身來，走出羊圈，進入屋子裡去。

跨過門檻時，她看見老人獨坐在桌旁，左手支著面頰，怔怔地對著桌子上擺得整整齊齊的杯盤茶具。他的臉龐十分通紅，彷彿喝了酒。屋子裡十分靜寂，只聽見老人喃喃自語的聲音，除此之外，一點別的聲息都沒有。屋子外面，鳥在鳴著，羊在哶著，變得十分響亮。她悄悄地在門檻旁邊站住。

「——你要我去陪你的紅毛鬼朋友喝勃蘭地打羽毛球嗎？我不稀罕，你早一點斷了這個念頭罷。嘿——。」

他反覆不斷地說著，直到最後只留下咿咿唔唔的聲音，聽不清楚了。支著面頰的手，慢慢傾了下去。不一會，他伏在桌子上，彷彿入睡了。她進屋子來時，他似乎並不知覺。

她靜靜地在門檻旁站了半晌，忽然舉起腳步來，經過老人身邊，一直走進屋子右邊的房子裡去。她靜靜地收拾衣裳和簡單的日用品，裹在一方紗籠裡。然後，她頭也不回，挽著她的行囊，一直走出屋子去。

在土階上，她蹲了下來。她把行囊放在地面上，兩隻手緊緊地蒙著臉龐，低低地啜泣。過了一會，她聽見有人從後面走過來，在她身旁站住。從手指縫裡，她看見他把地面上的行囊拿了起來，然後她聽見老人的聲音說道：

「進屋來幫我燒菜。他們不慣吃鄉下的東西，我們留著自己吃也好。」

她聽著老人走回屋子裡去，那腳步聲在門檻上停住，老人的聲音又響起來：

「我下午要到老蘇那邊去，喊他來給羊看病。」

老人的腳步聲最後消失在屋子裡。她站身來，揉揉眼睛，向澗水那邊看去。澗水岸邊老樹上的一雙松鼠，已經不知在什麼時候，又竄進樹梢頭去，再也看不見，留下那一簇簇怒放的胡姬，在燦爛的陽光中，閃爍著昨夜的雨露，十分嬌豔。澗水在兩岸幽深的樹木之間，不斷呢喃地流著，依舊十分的盈滿。太陽在不覺間已經升到中天上，十分強烈地照著。她知道苦旱的日子將會來臨。

那一溜邃藍的山，依舊在遠遠的地方，緊緊地環抱著。她回轉過身來，慢慢地走進屋子裡去。

屋子外面，大地在沌白的陽光中，還不斷閃著露光水光。

作者附識：胡姬（Orchid）在我國稱為蘭。南洋之胡姬，有野生與栽培二種。野生之胡姬多攀附老樹而生。

（一九七〇年）

原收入《拉子婦》（台北：華新，一九七六）

黑鴉與太陽

大清早的日頭原也會這般紅的：紅得就像要淌出血似的。學堂叫軍隊給封起來了，禮堂紅漆大門上塗著一個黑色的大×。告示上說學堂的老師是游擊隊，我瞧著不像，回家問媽媽。媽媽在給菜畦施肥，聽我問，頭也沒抬，只說：他們說老師是游擊隊就是游擊隊吧，不關咱家的事，小孩家莫問。我心裡老大不服氣，卻不敢跟媽媽回嘴，便撂下書囊去後山打黑鴉子，不一會就忘了學堂的事。八月時節，旱天來臨了，滿山都是黑鴉子的呱噪。一隻老黑鴉吃我一彈弓打破了膛，血潑得我一臉，真好晦氣，叫人心頭說不出的煩躁。天一亮，我睜開眼睛，瞧見紅亮的日頭灑照著牆上烘乾的黑鴉子，想起教我烘標本的巴老師被軍隊抓到兵營裡，禁不住發了一回呆。媽媽一把揪我起來，叫我去河裡泡一會，把暑氣消消，今天要帶我進城去。出屋來我便看見那一團血紅的旱天日頭——好扎眼哪。

我泡在水裡，望著那紅潑潑的半邊天空，忽然想起好些日子以前，巴老師常帶我來河邊爆魚。有一趟不知怎的出了岔，巴老師右手被火藥炸斷半邊巴掌，鮮血灑在河邊曬得發白的老青石上，好大的一灘，把河水染得膩紅。出院後回學堂，巴老師便使用左手寫字。過些時日，我發現巴老師使左手寫字，比使右手寫還要靈秀。只是巴老師不再帶我來河邊爆魚了，河裡的魚養得又密又肥，那股逍遙自在勁兒，真叫我恨煞。小河不愛吵鬧，靜靜的、悄悄的從山裡淌下來，流過一片松林子，一路叮咚價響，好似學堂裡的何老師操著她那十根青蔥般的手指頭，彈鋼琴，教我們唱歌。媽媽跟姊姊蹲在河邊青石上洗衣裳，棒子擣得混響。我獨個兒在河裡浸泡一回，便坐在橋墩上，不知不覺唱起何老師教我唱的歌來：

我家門前有小河
後面有山坡
山坡上面野花多

朵朵紅似火

我翻來滾去的唱著，也不知唱了幾遍，忽然聽見頂頭滿天空綻響起黑鴉子的呱噪，抬眼瞧時，只見一大群黑鴉子拍著翅膀飛來，乍看就像數不盡的黑點子撲向血紅的天際。我仰起臉龐呆呆瞅著，好久沒低下頭來。媽媽使棒子擣衣裳的聲響，一聲聲回應河水的叮咚，霎時好似在夢中一般。

橋上，鄰莊的唐老伯嘶啞著嗓門喳喝著趕牛車經過，向媽媽招呼道：

「劉大姑，這早啊？」

媽媽抬起頭來，應道：

「今朝得進城一趟。老爹這早趕送青草回去呀？」

牛車轂轆轂轆行過橋去；唐老伯的喳喝緩緩遠去了，留下那一車青草的嫩香在我鼻端上直打轉。

媽媽好些時日沒帶我進城，上一回進城是清明節，媽媽捎紙錢香燭，帶姊姊跟我去給爸爸掃墓。媽媽在爸爸墳前栽的兩棵梧桐，早已結子，墳上覆滿梧桐的落葉，媽媽靜靜掃著，沒說一句話。回家上路時，滿天颳起晌晚的涼風，我瞥見媽媽掏出一方白麻汗巾，悄悄拭著眼角的淚珠。回得家來，一家三口圍坐在堂屋中爸爸的神主牌下，燭光幽黃裡，媽媽說：「家鄉莊前栽著一排梧桐，六月時節，滿樹開著小黃花。」今天進城，爸爸墳前的梧桐也該吐滿清黃的小花了。

媽媽抬起臉，瞅著漫天呱噪的黑鴉子，攢起眉心不知想什麼，半晌才低下頭來，從桶裡抓起一件衣裳，搓兩把胰子，使勁擣起來。一隊穿著草綠野戰裝的番兵快步走過橋，日頭灑在那十來張黧褐的臉膛上，亮晶晶淌著豆大的汗珠。過了橋，一隊兵都到松蔭下歇涼去了。

那帶隊的軍官蓄著兩腮鬍渣子，也不去松蔭下歇涼，自己到河邊一塊青石上坐著，解下水壺，昂起黑臉膛，一口氣喝了大半壺水，又往河裡盛滿了，掛回腰桿上，捧兩把水洗臉，點起捲菸來。我瞅著他老半天，他卻不睬我，我覺得沒趣，索性耍一個背拋觔斗，鑽入水裡去。胰子泡沫漂浮在河面，映著日頭，化成千百條迷離的紅光，照得我眼睛好生紛亂。

一個十六七歲的小番兵折了一管蘆葦，獨個兒坐在水邊，吹起淒涼的番家小調。

我回頭瞧了瞧媽媽，只見她依舊低著頭，一逕搓洗衣裳，對周遭的兵不瞅不睬。

歇了一晌，帶隊的軍官扯起嗓門猛一聲喳喝，兵士們四下聚攏，揹起槍火，整隊開拔，直投黑鴉山去了。

「龍哥兒，快上來幫我把衣裳擰乾。」

我一面幫媽媽擰衣裳，一面看姊姊拿一根篦子幫媽媽梳頭。媽媽最愛惜她那一把烏亮的頭髮，每日晌晚沐浴時，總是不忘搽幾滴花露油，把髮絲養得油光水亮的，平日做活時便拿一方藍布頭巾裹著，不給曬焦。梳完頭，姊姊替媽媽挽個團圓髻，媽媽伸手攏一攏，探頭朝向水面照一照，便拎起衣桶，帶姊姊跟我上路回家。

回到家，日頭已經爬上屋前老槐樹梢頭了。阿庚伯遠遠看見媽媽回來，便說：

「大姑啊，妳過來瞧。」

我搶在媽媽前面，看見爺爺當年親手栽種的老槐樹枯黑的枝椏上，靜靜停著七八隻黑鴉子。那一團血紅的日頭已經轉為白赤了，照著老槐樹上的黑鴉子，鴉身上閃著幽亮的黑光。媽媽走過來，擱下桶子瞧了兩三眼，沒吭聲。

阿庚伯坐在門前一張籐椅裡，指點著老槐樹，慢慢說道：

「大姑，我瞧這事有點蹊蹺喔。我在你們劉家四十年，這種事情前後也只見過三回。頭一回四十年前我隨妳家劉老太爺南來開荒，過十年，發生瘟疫，死了許多鄉親，沒能買棺入殮，就用草席裹著一把火燒化。疫發前兩日，這槐樹上便停著一窩老鴉，也是七八隻吧，不啾不啼。隔了二十年，日本鬼子兵來燒莊，抓重慶分子去活坑，前一日也看見一群老鴉靜靜停在這槐樹上。第三回十二、三年前吧，伊斯蘭教徒作亂，一股好幾百人頭纏白布手握新月刀闖進莊來，見支那人就殺，就連奶著孩子的婦人也沒饒過。那前一日也有好幾隻老鴉停在這樹上。大姑，妳莫怪我迷信，這事三番兩次都不是好兆頭，只盼這回平安無事便好。」

媽媽一面聽一面晾衣裳。待阿庚伯歇了口，才平心靜氣的說道：

「今天我得進城去，上回跟金四叔說好，給他送兩簍來亨雞，這些日子城裡兵多，店裡買賣比平日好。」

「大姑，要送城的東西我都給裝上了車：四簍來亨雞，兩筐蛋，兩擔紅蘿蔔，妳趕早上路吧。還差什麼嗎？」

「鳳丫頭，到園子裡去掐幾枝玫瑰送給瑪麗修女，要選吐蕊血紅的。龍哥兒，你跟我進屋來換衣裳進城。」

媽媽沒再瞧老槐樹，提著空桶子跨過門檻進屋去了。一會，媽媽妝扮停當出屋來——一身碎花唐裝衫褲，一方水藍頭巾——手裡握著一條雙銃子獵槍，在屋前曬場上立定，舉起槍來瞄準老槐樹，砰砰放了兩槍，一隻黑鴉子給轟開了膛，應聲墜落，餘下的六七隻呱地發一聲喊，鼓起翅膀朝向日頭飛走了。

我搶上前去，拾起那死黑鴉，發現牠被媽媽打碎了膛，不好烘製標本，便扔到槐樹下，鴉血沾得我一手。姊姊捧著玫瑰走出園來，瞧著登時愣住了，細細的肩胛打著顫。那一束玫瑰花吐著蕊，帶著昨宵的露水，映著日頭竟像鴉血一般紅豔。

「龍哥兒，快去把手洗淨。」

媽媽收了槍，跨過門檻進屋去把槍藏在灶頭下。前些時日，軍隊下來清鄉，繳了莊戶人家所有槍火，媽媽把她那桿雙銃子獵槍藏起來，只繳出一條不管用的老槍。

阿庚伯從籐椅裡撐起膝頭來，接過姊姊手裡的玫瑰花，拿一桶水養著，擱在我們家那輛老吉普上。

媽媽出屋來，戴著手套爬上吉普，掌著駕駛盤，發動油門。我急忙跳上車，在媽媽身邊坐穩，吉普便朝坡底一路奔騰下去，轉到紅土路上，迎著白花花的日頭，直投城裡去。

媽媽眼睛直瞧著前面的路，一逕鎖著嘴唇，不跟我說話解悶。日頭照在媽媽臉膛上，散發出一層赤銅的油光，鼻尖綴著密密的汗珠；那水藍頭巾被風吹起來，一把烏亮的瀏海悄悄滑落在媽媽寬闊的額頭上。我瞅著媽媽的側臉，不知不覺便歪到媽媽身上去了。

紅土路兩旁盡是黑林子，一路綿延到天邊。阿庚伯說，誰也不知道黑林子有多深，早年他跟我爺爺到婆羅洲開荒，只靠著一把斧一把鍬、一滴血一滴汗。熬了兩三年才把親眷從家鄉接出來。一場瘟疫，阿庚嬸歿了，沒留下一男半女，阿庚伯從此就沒再討過老婆，打了大半輩子的光棍，一直耽在我們家過日子。

還沒到晌午呢，日頭當天照著，看不見半片雲。我直嚷著熱，敞開衣襟讓風吹，卻沒感到半點涼快。車子後面那四簍來亨雞兀自亂叫，叫得人心頭好生煩躁。

吉普倏地打了個溜，驚起路上大窩黑鴉子，呱噪著滿天亂飛。我探頭一瞧，看見兩條屍體橫躺在路心，都穿著農家衣裳。一條趴著，看不見臉孔；一條朝天，像個二十來歲的後生，瞠眉瞪眼的瞅著頂頭那碧落落的青天。屍體旁邊一灘血，被日頭曝曬，早就結成塊了。

「兩個游擊隊給打死了。」媽媽邊說邊掌著駕駛盤，把車子繞過死人。我回過頭去，看見那一窩黑鴉子又停落在兩條屍體上。

紅泥路盡頭出現一道關卡。媽媽把吉普停在橫槓前，一個衛兵敞著胸膛，從哨亭裡迤迤邐邐的走出來。媽媽把團部發給的通行證拿在手裡，底下捏著兩包英國海軍牌捲菸，遞出車窗外。那衛兵接過來，瞄一眼，伸出脖子朝車裡張一張，歸還通行證，拉起槓子，揮揮手，轉身回哨亭去。

一路進城只見大隊兵，卡車載著呼嘯而過。城裡因為兵來，市面顯得比平日熱鬧。媽媽逕把吉普往城西兵營開去。兵營前堆著一排沙包，架著機槍，對準通往城外的大路。媽媽在營門前停下車子，一個穿草綠野戰裝的衛兵大步踏過來，媽媽拿出通行證，底下依舊捏著兩包海軍牌捲菸。那衛兵接過通行證，仔細查驗，又朝車裡張望老半天，這才揮手叫把車子開進兵營。

車子直開到兵營後面一排低矮的紅磚屋子前。屋頂上，煙囪吐著黑煙。一個挺胸凸肚、買辦模樣的印度人，一搖三晃走過來，就在車門外跟媽媽議價。媽媽靜靜聽他連珠炮般聒喇了半天，才打斷他的話頭，說：

「就這個數。」

那印度買辦嘿嘿乾笑兩聲，回頭叫來兩個支那火伕，從車上卸下兩簍來亨雞和一擔紅蘿蔔，一面忙著掏皮夾，點數鈔票跟媽媽結帳。我耽在車裡覺得氣悶，便跳下車來站在校閱場上吹風，正張望著，猛地被人從背後一把抱住。

「哇——這是什麼地方，小鬼頭你也敢來？」

聲音一聽就知道是我家舊長工阿海。上回過了端午節，阿海忽然向媽媽辭工，說近日鄉下不太平靜，想到大埠去尋頭路，當下結算了工錢，就捲舖蓋走人，沒想今天會在兵營裡廝見。我使勁一掙，擺脫他那兩條胳膊，轉身抱住他的腰桿。

「那不是劉大姑嗎？」阿海眼睛一亮。

「阿海，你這一向不在大埠嗎，怎麼又回來了？」媽媽說。

「大埠現下光景也不好，游擊隊鬧到埠裡，商家都不肯雇用生人，閒蕩了半年，只好老著臉皮回來囉，如今在這座兵營裡給番鬼兵燒飯煮菜。」阿海紅著臉說。

「莊上人手缺，阿海，你要願意就回來吧。」

「大姑，我嚥了一肚子的瘟氣，說不得，把唾沫啐在飯鍋裡給番兵吃！今天就辭了工，明朝到莊上尋大姑。」

做完買賣，媽媽便發動油門。我連忙跳上車，揮著手嚷道：「海大哥，可別忘了明朝到莊上來啊！」吉普逕往營門開去了。回頭瞧時，我看見阿海挺直腰桿站在塵埃裡，一條黑鐵柱似的，渾身油亮。

車子剛駛出營門，一輛草綠色軍用吉普便從斜裡闖過來，媽媽煞住車子，讓在路旁。我眼尖，早瞥見前座載著一個上尉，蓄著兩撇小鬍，好生神氣。直等那輛吉普從身旁擦過，進入營門，媽媽才把車子轉到路面上向城心開去。

縣政府四圍架起了鐵絲網，兩輛坦克擺在大門前，一個兵坐在坦克頂上吸菸。城心廣場邊沿一排電線桿上，又吊著幾個被打死的游擊隊，指頭般粗的電線上，靜靜停著幾隻黑鴉子。我歪在媽媽身上，瞅著那成群枯坐在尤加利樹下躲著毒日頭歇涼的老支那人。

瑪麗修女的小修道院座落在縣政府後面一條小巷子裡，圍著高大的白牆——我猜有兩個媽媽那樣高呢。媽媽把吉普停在門口，輕輕揿兩下喇叭。等了老半天，大門才悄悄拉開一條縫來，探出一張四方白臉膛，我認得是修道院裡的傭人安嫂。安嫂瞅見媽媽，登時眉開眼笑，一面嘮叨說剛剛還跟瑪麗修女說起，這一向怎沒見劉大姑進城來，一面使勁推開鐵門。媽媽把車子靜靜開進院子裡。院子悄沒聲，瑪麗修女笑吟吟站在小教堂前石階上，一身白衣裳，好像白瓷燒的觀世音菩薩，只是觀音娘娘沒有瑪麗修女那般高大。

「主和大家同在！」

滿院子栽著玫瑰花，正開得熱鬧，大片大片的血紅。瑪麗修女說玫瑰花是耶穌的血，她嫌自己栽的沒真血那般紅，媽媽便答應替她栽一圃，每回進城，就揀一把二十來枝吐得血紅的捎來給她。

瑪麗修女接過媽媽帶給她的玫瑰，瞧了又瞧，沒口子讚道：「萬得福，萬得福！」

安嫂從車上拿下兩筐雞蛋，媽媽便輕輕發動油門。瑪麗修女探頭瞅著我，一臉的笑意。

「龍哥兒，你的學堂給兵關起來了，老師都被抓走了，你到我們學堂來，我教你認英文字，讀經書唱聖歌，好不好？」

我搖搖頭，我不離開媽媽，我靠在媽媽身上，聞到媽媽胳肢窩的汗香和花露油香。

吉普開到金四叔鋪子，剛過晌午一點鐘。金四叔瘸著一條腿，一高一低的走出鋪來，一面喚店夥卸下車上的貨，一面把媽媽讓進鋪子裡。金四嬸站在天井瓦簷下迎著，挽住媽媽的胳膊到鋪後堂屋中去。

「二嫂，妳寬坐吧，我出去瞧瞧。」金四叔說。

媽媽解下頭巾，攏了攏頭髮，將散落在額前的一把瀏海拂到兩邊。金四嬸喚雪蓮姊進來，吩咐雪蓮姊先沏一壺上好的鐵觀音，再去廚房整治飯菜。

「龍哥兒，學堂關了，你可有玩頭啦！」金四嬸抓一把果子糖，笑嘻嘻塞進我手心裡，又回身去拿一把蒲扇遞給媽媽，坐在媽媽身邊，親親熱熱的說起閒話來。

金四叔是爸爸生前的拜把兄弟，爸爸咯血臨去時，金四叔匆匆趕來送終，一口答應照拂媽媽跟我姊弟兩個，爸爸這才安心去的。那時我三歲，姊姊五歲，一晃就十年了。這都是後來阿庚伯偷偷跟我說的。

先時金四叔看見媽媽年輕守寡，帶著兩個孩子，便勸媽媽再尋個適當的男人，媽媽一口回絕了，金四叔從此不敢再提。

前頭鋪子喳喳喝喝，不斷傳到後面堂屋來，金四叔鑽進鑽出，忙得團團轉。等雪蓮姊把飯菜都端上桌，金四叔這才坐定下來。

「二嫂，莊上屋子後面不是有塊陂陀地嗎？放一把火，清乾淨，栽荷蘭薯！」金四叔把一顆鵪鶉蛋塞進嘴洞裡，壓低嗓門說：「游擊隊這當口四下搜購糧食，荷蘭薯這東西栽起來可省事，收成快，又經藏，游擊隊答應出好價錢喔。」

媽媽嘴角牽動一下，沒說什麼。

說起跟游擊隊做買賣，媽媽可是個老行家。大前天媽媽才跟阿庚伯商量，挑個大旱天放火燒後山陂陀地，栽一田荷蘭薯，年底便好收成。去年一天半夜裡，兩個游擊隊員來打門，說是向我們家購糧來的，把家裡能吃的東西都要了，還抬去兩口大公豬，照市價給了六成現錢，餘的四成就開張支票，說將來向人民銀行兌現。臨去時還借了我們家的吉普，裝得滿滿一車，趁著夜濃竄進山裡。隔天早晨，我在橋頭邊尋回車子。往後每隔十天半月，游擊隊便來一趟，總是三更半夜打門，有時借我們家吉普，有時沒借，兩個人使條扁擔扛著糧食回去。有一陣子游擊隊只給四成現錢，後來又給到七成，媽媽也沒跟他們怎麼議價。

「巴英銓是游擊隊支隊政委，今早給斃了，吊在縣政府前電線桿上示眾。二嫂，妳路過時見了麼？」金四叔說，嘴裡嚼著一把生韭菜。他端起酒盅，把半盅五加皮一口乾盡。

媽媽搖搖頭。我被金四叔一嚇，送到嘴邊的鵪鶉蛋登時滑滾下來，掉落在碗裡，險險讓菜汁濺得一臉。我悄悄抬起臉來，瞅著金四叔。

一個店夥穿過天井，走進堂屋來，喚道：

「四老闆，蘇來曼中尉來舖裡。」

「給他兩條菸打發了去，不就結了麼？」

金四叔站起身來，離了座，一瘸一拐的跟那店夥出去。

金四嬸笑瞇瞇跟媽媽說，金四叔最愛吃生韭菜配家鄉來的五加皮，有一回斷市，四處買不到家鄉五加皮，金四叔發了幾天酒瘋呢，鎮日摔盤扔碗，像誰跟他過不去似的。金四嬸說著，舀了兩調羹紅燒海參擱在我碗裡。

金四叔回到堂屋來，喚雪蓮姊給他再斟一盅酒。

「二嫂，妳認得左莊沙家嗎？」

「認得。」媽媽點點頭。「他們家三媳婦跟我是遠房姑表姊妹，平日不常走動。」

我跟媽媽去過沙家。他們家莊子大，光是胡椒園就占了大半個山坳，人丁多，在我們縣裡算是大戶人家，沙老太爺是學堂總董，閒時來學堂巡視，人挺和氣。沙家老九鐵林跟我同班，不大理會同學，只跟我玩耍。

「前天半夜，一支游擊隊闖進沙家，使機關槍把沙家一門二十五口掃得乾乾淨淨，只有一個老九鐵林藏在灶坑裡，撿回了命。游擊隊在牆上留下血書，指控沙家是軍隊的線民。下令開火掃射的是巴英銓，還有一個叫何家琴的女老師，教學生唱歌的。沙家老九是巴英銓的學生，認出巴英銓右手那隻斷掌。」金四叔說。

「巴英銓倒是個好老師。」媽媽擱下筷子，從胳肢窩下抽出一方手帕來，輕輕拭著鬢邊的汗漬。

我看看金四叔，回頭又瞧媽媽，怔怔的發了一回呆。金四嬸夾起一塊鮑魚擱在我碗裡，叫我多吃菜。

金四叔端起酒盅，乾了，站起身來。

「二嫂，今天要辦糧回去嗎？」

媽媽打開皮夾，撿出一張單子遞給金四叔。

蹭到堂屋口，金四叔回過頭來，說：

「方才有個番兵官來舖裡，說營裡要荷蘭薯，由他轉手，價錢好商量。」

我們娘兒倆上車時，金四叔送出舖來，站在騎樓下。

「二嫂，今天不用去了。前些天軍隊把地方圍起來練靶，不准閒人進入。」

媽媽呆了一呆，發動油門，逕往城北開去。剛出北門口就聽見槍聲。往城外行駛半里，便看見山腳下的墳場圍起了鐵絲網，兩個兵把守在路口。媽媽停下車，兩個兵上前來，揮手叫我們轉回去。媽媽將駕駛盤猛一兜，車子在路面上打個轉。她一句話也沒說，開車繞過城東，直朝城南駛去，一路捲起滾滾紅沙，漫天飛蕩，久久不肯停落。

日頭落山，半邊天空讓火燒著一般。媽媽掌著駕駛盤，凝神望著前路。我不敢再看媽媽一眼，悄悄把身子靠在媽媽身上，不知不覺闔起眼皮來。

「媽媽，巴老師為什麼要殺鐵林全家呢？」

「游擊隊說，他們家是奸細，給軍隊通風報訊。」

「媽媽，沙老太爺真的是軍隊的線民嗎？」

「游擊隊說他是線民就是線民，不關咱家的事，小孩家莫問。」

回到家，卸下車上的糧食，媽媽坐在門前籐椅裡，解下頭巾當扇子，往心口輕輕搧著。姊姊給媽媽端一盅茶來，媽媽接過喝了五六口。

「大姑，城裡有什麼新聞嗎？」阿庚伯問道。

「沒什麼新鮮的事。」媽媽搖搖頭。

一陣風悄沒聲貼地捲過來，老槐樹的枯葉飄落一地。阿庚伯覷起眼睛望望天色，說：

「看來今晚會有一場大風雨吶。」

媽媽站起身來。「龍哥兒，鳳丫頭，跟我洗澡去。」說著，跨過門檻走進屋子。

出屋時，媽媽換下了進城穿的衣裳，只在身上圍著一條紗籠，領我跟姊姊往河邊走去。天色一點一點黑上來了，日頭沉落的地方像抹著一大片血。

媽媽帶著姊姊，揀個僻靜的角落脫下紗籠，打赤腳涉到河裡去。我獨個兒在橋下泡水，怔怔瞅望天空。一窩窩黑鴉子呱噪著從我頭頂上掠過，要趕在風雨前飛回老巢。天色越發濃黑了，沒多久，黑鴉山頭就只剩下一灘血。

我悄悄往上游泅去，撥開蘆葦叢，瞥見媽媽精白的身子浸泡在紅灩灩的河水裡。媽媽解開了髻兒，一把烏亮的頭髮披落在肩胛上，她歪著頭，沾水輕輕拭著髮上的沙塵。我怕媽媽瞧見，又悄悄泅回橋墩下，呢呢喃喃哼起何老師教我唱的歌來：

我家門前有小河
後面有山坡
山坡上面野花多
朵朵紅似火——

「龍哥兒，回家去，還泡得不夠嗎？」

媽媽頭髮上搽了花露油，鬆鬆的挽個髻，站在河邊喚我。

剛到家，園子裡就颳起大風，老槐樹的枯葉子夾著黑鴉子淒涼的呱噪，滿曬場飛蕩。再過一晌，雨便嘩喇喇落下來，打在瓦上，敲鑼擂鼓似的亂響。這場雨怕要落個通宵。

吃過晚飯，一家人圍坐在爸爸的神主牌前。我尋出《繡像包公案》，翻開〈狸貓換太子〉那一回，看了兩頁，覺得沒甚趣味，便闔上書，央阿庚伯講古。我一邊聽他老人家有一搭沒一搭的扯著，一邊瞧媽媽給婆婆打毛線衣。爺爺過世後，婆婆帶爺爺的骨灰回唐山，不再南來。媽媽說：每年冬天家鄉天寒地凍，婆婆年紀大，身體不好，叫人惦念。

「家鄉連著兩年鬧旱災，今年雨水卻又多了，不要鬧水災才好。」阿庚伯嘴裡咬著一根暹羅菸，慢吞吞說。

「金四叔說，這一陣子家鄉米都斷了市，只怕又是鬧饑荒。」媽媽拈著針，左挑右穿，頭也沒抬。

「咱們唐人靠天吃飯，老天不照應著些，日子怎麼過？」阿庚伯吸一口菸，搖搖頭。

「媽媽，游擊隊又來了。」姊姊說。

一群人冒雨穿過曬場，使槍托擂門，砰砰亂響。媽媽跟阿庚伯對瞄兩眼。老人家站起身應道：「來吶，來吶。」他蹭到門邊，拔下門，正待開門，一隊兵早就踢開門闖進屋來。

「借你們屋子避雨。」帶隊的軍官操著番話跟媽媽說。

媽媽放下針線，慢慢站起身，點點頭。

兵們趕了整天的路，又遇大雨，渾身都帶著泥漿，進屋來就卸下槍火，解落背囊，就地坐下歇息。一個兵走進廚房抱出一捆柴，在堂屋中央生起一堆火。媽媽瞧著也不說什麼，自己坐回籐椅裡，拈起針線，低頭打毛衣。阿庚伯把門掩攏，沒上閂，又慢慢蹭回來。

帶隊的官甩掉鋼盔，脫下野戰服，右臂胳肢窩黏糊糊沾著大片血。他用左手解開背囊，拿出一個飯糰，剝去蕉葉，塞進嘴裡嚼起來。早上過橋的一隊兵，又在黑鴉山游擊隊老巢裡中了埋伏，回來只剩得六個人。那個吹蘆笛的小番兵沒回來。

屋外曬場上雨落得正急，一陣風捲過，把門掃開。一個兵站起來，大步踏上前，砰然閤上門，把門拉上了。

屋子裡一下子變得十分沉靜。媽媽一逕低頭做針線，姊姊挨在她身邊瞧著。阿庚伯不再跟我講古，悶聲不響吸著菸。我拿起《包公案》，攤開〈狸貓換太子〉那一回，捧在手裡，看包公裝神扮鬼抓壞人。一團黑影忽然落在我書上，我抬起頭，瞅見三個兵慢慢走上前來，在媽媽跟姊姊身旁倏地站住。一個兵咧開白磣磣的牙齒，笑道：

「支那女人！」

媽媽緩緩抬起頭，燈光下臉色一下子變得青白。一個兵伸出爪子，往媽媽髻上使勁一撩，一把油光水亮的頭髮登時散落下來，遮住媽媽半邊臉孔。那帶隊的軍官霍地聳起身，大步邁過來。一個兵拔出刺刀，抵住他的胸膛。阿庚伯不知什麼時候從後屋鑽出來，舉起家中那桿雙銃子獵槍，抖著嗓門用番話喝道：

「滾出屋去！」

一個兵咧開嘴巴，齜著兩枚猩紅檳榔牙一步一步欺上前，倏地飛起一條腿，砰的一聲響，火花迸開，砸碎了爸爸的神主牌。那個兵劈手奪過獵槍，用槍托敲阿庚伯臉門。我撲上前，拚命抱住那兵的腰桿。槍托直擂在我腦門上，血淌下來，灌滿我眼睛。昏天黑地裡，我瞅見一個兵扯開媽媽的衣裳，一隻黑爪子撈住媽媽精白的奶子。姊姊的哭泣聲好久好久只管在我耳邊旋轉。

我睜開眼睛，看見紅亮的日頭照射進我房裡，潑在牆上那幾十隻烘乾的黑鴉子身上，紅的是那般紅，黑的是那般黑，映得我眼睛好生紛亂。我爬下床，踉踉蹌蹌走出房間。

堂屋裡空盪盪沒半點聲息，只留著一堆灰燼。我跨過門檻，迎面一團紅紅的旱天日頭，直向我眼睛扎過來。媽媽獨自坐在門前籐椅裡，蓬頭散髮，迷失神魂一般，好似沒看見我走出來，只顧凝神瞅著通到坡底的紅泥路，兩隻手緊緊攫住雙銃子獵槍。我不敢喚媽媽，慢慢弓下身來，蹲坐在門檻上。姊姊從園子裡走出來，手裡捧著一束帶著昨宵的雨露綻放得血一般猩紅的玫瑰花，在曬場中央站住了，癡癡瞅著媽媽。

一輛破摩托車吵鬧著闖上坡來，媽媽舉起槍，瞄得精準，砰的放了一槍。那摩托車猛然打了個溜，連人帶車一路滾下坡底。

「媽媽，是海大哥哪——」姊姊尖聲叫起來。

我蹦地跳起身，沒命往坡下跑。又一聲槍響，我登時覺得天旋地轉，一跤摔倒在紅泥路上。一窩黑鴉子呱噪著從我頭頂掠過，拍著翅膀撲向朝霞滿山的天邊，像數不盡的黑點子哪。

（一九七三年）

原收入《拉子婦》（台北：華新，一九七六）

田露露

一

大明帝國艦隊一字排開，出現在金黃色中國海水平線上。艨艟巨艦櫛比相連，桅檣如林，揚著金色風帆，迎向金光萬丈的落日排海航行。飽歷風霜的三寶太監佇立在旗艦船樓，神色凝重，袍袂飄飄，凝視冉冉下沉的南天落日；都尉田墀手握劍把，侍立三寶太監身側，也睜著一雙鷹眼凝視落日。旗艘高聳的桅桿頂端飛著大明王朝永樂皇帝的黃色龍旗。

二

田家瑛憑著海隄上的白石欄干，望著黃昏港灣中的輪船。港灣的風吹亂了她的頭髮，她一動也不動，任亂髮飛著。

很久很久以前，她拖著兩條粗辮子，牽著爺爺的大手，在海隄上看港灣中的海船。

「爺爺，那些大船是從哪裡駛來的？」小瑛兒指著港灣中的海船問爺爺。

「它們駛過大海，從老遠老遠的北方來的。」爺爺點點頭，若有所思地回答。

「爺爺，您常常告訴我說，那老遠老遠的北方就是我們的家鄉。」小瑛兒又問爺爺。

「小瑛兒說得對，那老遠老遠的北方，水跟天相連著看不見的地方，就是我們的家鄉。」爺爺捻著花白的鬍子，凝視著那老遠老遠的北方。那邊的天逐漸黑下來，彷彿好大好大的一方黑絨。

「那麼，爺爺，我們為什麼要離開家鄉？」小瑛輕輕地拉著爺爺的大手，抬起頭來問爺爺。

爺爺就告訴小瑛兒三寶太監和田墀將軍的故事。爺爺的故事小瑛兒聽了好多好多遍，但是小瑛兒一直愛聽爺爺的故事，她的小小心靈好像著了魔魘一般。

後來爺爺過世了，田家瑛在遺物中撿出爺爺的遺稿「南海紀聞」，其中爺爺以蒼勁的毛筆字神采飛揚地記著明朝三寶太監和田墀的傳奇——

南海渤泥之國有一名山，土人呼之曰神山，又曰中國寡婦山。其山矗立於萬山中，無遠不見，巉巖峭削，皓白如銀，遠望如太白積雪，每居晴霄，於都城望之，不啻天山白雲。壬丑重陽，余遊其山，見其巒有巨石一方，色若微墨，滑澤如晶，不類凡石，余甚訝之。土人乃指其石告余曰：「此石實昔年公主佇立企待其支那駙馬之處，吾渤泥人呼之神石。」余坐石上，撫石而悵然。山風颯颯，若發自渺古之天籟，因懷想此貞節多情女子之奇行，情思恍惚，不能自己。明永樂某年一日日落南天，光華燦爛之際，大明成祖皇帝欽使三寶太監率雄大之舟師，越浩瀚之中國海，航抵渤泥，奉詔冊封其主，宣慰其民。渤泥主鐵木馬兒恭受明室誥命，乃陳南海之珍饈，獻異國之舞踴，大宴三寶太監十日。明師中有都尉田墀者，為三寶太監心腹愛將，少年英雄，氣宇軒昂，鐵木馬兒心慕愛之，乃妻以其俏麗獨女愛莎馬兒公主。後十日，三寶太監辭謝鐵木馬兒與渤泥之民，率舟師西發，訪尉西方海中諸國，歷二年始還。明舟師於回航中寄碇渤泥，田墀乃辭公主以歸，臨行，信誓旦旦，此次歸去，稟明嚴慈，即駕舟渡海，與公主團聚。明師既歸矣，公主乃登神山，佇立其巒，凝視山下浩渺之中國海，日復一日，風雨無歇。墀歸半年，公主產一子名宮。彌月，懷抱之登山，中國海浩渺如昔，而墀音訊杳然。公主積鬱成疾，終魂斷山上。渤泥之民遂呼其山中國寡婦山，蓋為公主之貞節多情所深感動也。公主既逝，鐵木馬兒立宮為太孫，含辛扶養。宮及冠，鐵木馬兒詔告渤泥之民傳位於太孫。王弟安思蹄兒聞而舉兵反，弒王自立。宮潛歸中土，募敢死之士，得五百人，乃駕舟渡海襲渤泥，擒安思蹄兒而斬之。宮遂繼承鐵木馬兒大統，為渤泥之王。四傳而至惇，渤泥人揭竿起亂。惇率部族退居神山之谷，自成一國，昌則繁衍，蔚然而為海外之大漢國矣。此吾漢民族海外拓殖之一可歌可泣事蹟也。噫嘻，吾儕身為後世子孫者，豈可一日或忘先人披荊斬棘之艱苦奮鬥耶。

這就是拖著兩條粗辮子的小瑛兒在海隄上半攏著眼睛靜靜的聽爺爺說的數不清遍數的故事。好久以前的事啊。

田家瑛凝望著落日滿港灣張燈結綵的輪船，一時不覺目眩神迷，回過頭來，望見中國寡婦山頭那一輪迴光反照格外絢爛的落日，這時已經開始向山後沉落。

三

一輛吉普式警車旋風也似的駛過來，在田家瑛身旁戛然停下。鄧遜警司的一張疲倦的臉孔從駕駛座那邊探了過來，笑容可掬地喚了一聲：「田家瑛！」

田家瑛旋轉過身來，倚著海隄上的石欄，冷冷地瞅著吉普車裡的鄧遜。「誰要你叫我的中國名字？」

「對不起，露露！」鄧遜把手肘擱在駕駛盤上，依舊微笑地看著田家瑛。田家瑛慢慢轉過頭去，望著中國寡婦山上那滿山頭金粉似的落霞。落日血紅的餘暉潑紅了她的臉龐，泛著異樣的光彩。鄧遜驀然推開車門，說道：

「請跳上車來，我們吃晚飯去。」

田家瑛上了車，在鄧遜身邊坐下來。鄧遜發動車子，迎著落日絕塵而去。

「上頭給我三個月的帶薪假，若是妳厭了這兒的生活，我帶妳去馬尼拉。」鄧遜側過頭來，微笑地看看她，謹慎地說。落日也潑紅了他那清癯的臉孔。

田家瑛輕輕地搖著，凝視著前面落日下的海濱大道，吉普跟著長長的汽車陣，向市郊飛馳。海風吹得十分強勁，飛起她的頭髮。她伸手攏了攏亂髮，便又停下手來，任它野性地飛著。

前方大英慕娘公司的紅磚大樓堡壘似地屹立在海邊，緊緊地扼著港灣的咽喉，大廈鐘樓頂端白日裡氣象萬千地飄著的大英國旗已經降落，只留下零落的旗飾在落日餘暉之中，顯得無比的蒼涼和孤獨。車子飛馳而過時，田家瑛不覺輕輕地說道：

「Imperialism！」

鄧遜驚訝地瞧她一眼，笑道：「帝國主義？多動聽的一個名詞兒！」

田家瑛一逕注視著前方，沒有回答他。

落日酒店門燈高燒，吉普穿過大理石拱門時，一個穿戴著華麗的本族傳統扈從衣冠的印度司閽靠腿挺胸地敬了一個禮。

鄧遜警司輕挽著田家瑛的臂膀，步入落日酒店花園餐廳，一名中國侍者在白色花園拱門迎著，即時引導至靠海的一張檯子上。露天下，一個穿著玄色綢質旗袍的中國少女正演奏著電子琴，琴聲和著低吟的海潮，是一闕十分淒越的調子。田家瑛凝神諦聽，不覺呆了半晌。

那名中國侍者回頭端來兩杯馬丁尼。鄧遜高擎著酒杯，祝福田家瑛永遠年輕、美麗和快樂，田家瑛笑吟吟地領受了。

海灣上空驀然飛竄出一簇絢爛的煙火來，當它落失在黑絨似的夜空裡時，第二簇煙火就接踵著飛竄上來，剎那之間，一簇簇繽紛爛漫的煙火此起彼落，彷彿有千百簇煙火一齊放射在夜空中。

鄧遜再擎起杯子來，說道：「為女王陛下壽！」

田家瑛記起今天是大英帝國女王依麗莎白二世的誕辰，便笑著擎起酒杯，向鄧遜祝賀道：「祝貴國女王陛下政躬康泰，貴國國運昌隆！」

鄧遜答謝，神情十分嚴肅。

鄰桌一群年輕的英國士兵這時霍然立起，挺直著身子，八條粗壯的嗓子便一齊引吭高歌「天佑女王」來。鄧遜也立起身來，微笑地凝神聽著。港灣上空的煙火這時正放得熱鬧，各式各樣的煙火爭妍鬥麗，如花團錦簇一般。

歌聲停落了，鄧遜仍舊凝立著，過了一會，才慢慢坐下來。看著港灣上空燦爛的煙火，他忽然問道：

「露露，我們西方一個火鳳凰的傳說，妳聽說過嗎？」

田家瑛擱下手裡的餐具，揚起頭來靜靜地看著他，笑了一笑，等待著。

「相傳鳳凰活了五百年之後，必自焚成灰，而後在灰中復活，活潑、年輕而美麗。」鄧遜一壁說著，一壁瞅著田家瑛。

田家瑛側過頭去，避開鄧遜發亮的眼神。一陣海風發自港灣中心，輕輕悄悄地掠上岸邊來，吹亂了她的鬢髮。港灣上空此起彼落的煙火這時也逐漸凋落，不一會兒，最後一簇煙火的光華也熄滅了。天空和港灣一片凝止。驀然間，凝止的夜空中一齊放射出三十三簇花團錦簇的煙火來，但那壯美的光燁瞬息即熄，天空又回復了永夜的靜止。田家瑛揚起頭，凝視著那一片無邊無際的夜空，半晌一動也不動。酒店中步出一位穿著一襲銀白色長襬袍的中國女歌手，款擺著那細高䠷兒的身軀，嫋嫋娜娜地步到凝神演奏著電子琴的少女身旁，俯下身來，在她耳邊低低地說了幾句話，少女便立時改過調子，彈起那一闋淒越的曲子。那女歌手一隻手扶著電子琴，一隻手擎著麥克風，把頭一揚，便輕柔地唱起〈支那之夜〉來——

支那之夜，支那之夜喲
那港灣的燈光，紫色的夜晚
那夢中的船兒，搖呀搖盪
啊，忘不了那胡琴的絃音
支那之夜，支那之夜

支那之夜，支那之夜喲
那窗前的柳兒，搖呀搖曳
那紅色的燈籠，支那的姑娘
啊，忘不了那可愛的容顏
支那之夜，支那之夜

支那之夜，支那之夜喲
那等待郎的夜晚，那欄干外的細雨
花落，紅散了
啊，永別了，那忘不了的
支那之夜，支那之夜

田家瑛聽著那中國女歌手輕柔地唱著，不覺怔怔地出了神。沿著港灣栽著一帶石榴樹，石榴花開得滿樹火紅，那色彩在水銀燈下變得無比的幽異。田家瑛幻想著那點點火紅化成了片片血紅。血紅的支那之夜，日本鬼子的血摻揉著中國百姓的血——那瞎眼的流離漢說的。他抱著一把命根子似的老舊的胡琴，訴說千個逃亡，萬個流離。

他說：家鄉遍栽著石榴樹，花開的時候，滿山的火紅。

他說：那萬里流徙哪，一步一回頭，望斷千山萬水。

他坐在田家院子裡一張石板凳上，一邊咿咿呀呀地拉著胡琴，一邊便喑啞著嗓子唱起來——

月兒彎彎照九州，
幾家歡樂幾家愁，
幾家團聚在屋裡，
幾家飄零在外頭——

琴聲終於停落，歌聲在淒涼的餘音中收煞起來。那女歌手伸手掠一掠頭髮，又唱了一支熱鬧的英文歌曲。歌聲終了，她在喝采聲中俯身在伴奏的少女額頭上輕俏一吻，便又款擺著腰肢，進入酒店中去了。

田家瑛一下子驚醒過來，看著她那頎長的背影，盼著她回過頭來，但她沒有。一時間都靜止了。鄧遜靜靜地聽著那中國少女反覆地彈奏著〈支那之夜〉，好半晌衝著田家瑛問道：

「露露，這是什麼曲子？」

「中國之夜。」田家瑛不經意地回答道。

「中國之夜？」鄧遜蹙起眉頭來，「好一個淒涼的調子。」

這時忽然聽得一聲呼嘯，只見一個胖大的巫族豪客躍上台階，扭擺著肥碩的身軀，跳起孟浪的舞蹈來。台階下面，兩桌巫族男女鼓掌喝采，十分熱烈。露天下那演奏電子琴的中國少女垂著頭，凝神彈著〈支那之夜〉，對台階那邊的喧鬧，彷彿渾然不覺。

那手舞足蹈的巫族豪客忽然朝著田家瑛這邊揚起手來，高著嗓子招呼一聲「嗨」，便奔下台階，穿過兩排正開得繁密的美人蕉，向這邊搖搖擺擺地走過來。人還沒到，一股十分強烈的椰子油氣息便先侵了過來。鄧遜連忙擱下餐具，拿起一方白巾在嘴邊略拭了一下，便站起身來，和來客握手。那神采飛颺的巫族豪客又伸出肥厚的手，和田家瑛握一握，一逕哈哈笑著，熱心地寒暄，和鄧遜又握了一回手，便搖搖擺擺地穿過花圃，回到自己的檯子上去了。

「露露，知道此公是誰嗎？」鄧遜慢慢地坐下來，拾起餐具，看著田家瑛問道。

「不知道。」

「未來獨立政府的內政部長。」

田家瑛不經意地哦了一聲，一直看著那巫族豪客的肥碩背影在垂首彈琴的少女身旁搖晃而過。

一艘輪船駛進港灣來，嗚著長長的汽笛。

不久，鄧遜挽著田家瑛離開落日酒店。走到花園門口，田家瑛驀然回頭，只見那穿玄色旗袍的中國少女依舊垂著頭，凝神彈奏著〈支那之夜〉。

吉普沿著海岸公路，向市郊駛去。

一陣陣夜風從港灣中心呼嘯吹來，田家瑛悄悄地打了一個寒慄，便把皮包擱在座上，兩隻手臂輕輕地環抱著胸脯，靠著座背，不覺哼起〈支那之夜〉的調子來。

鄧逕靜靜地聽了一會，忽然問道：「露露，妳知道嗎？」

「嗯？」

「我曾祖母是西印度人。」

田家瑛怔了一會，忽然明白了，便冷笑一聲，說道：「西印度人究竟有什麼不好呢？」

「她爸爸是用鐵鏈子鎖著，從非洲賣到西印度群島的黑奴。那時，我曾祖父在千里達殖民地出任輔政司。妳知道輔政司？——Secretary of the Colony。」

田家瑛緊緊地閉著嘴唇，透過敞開著的車窗，看見深邃的夜空底下，那櫛比相連的輪船宛如一條長長的銀鏈子，光華璀璨地鎖著港灣。半晌，她回過頭來，冷冷地說道：「我就在這兒下車。」

鄧逕驚訝地看著她，搖搖頭，說道：「不行，妳怎麼招呼到車子回去？」

他從座墊下摸出一瓶杜松子酒來，遞給田家瑛。田家瑛拿在手裡，略一遲疑，便微微仰起頭，接連喝了幾口酒；鄧逕接回來，自己喝了兩口。收起了酒瓶，他脫下警帽撂在座上，一踩油門，吉普便像一匹脫韁的野馬，向前奔馳而去。田家瑛把臉孔貼在車窗沿上，迎著港灣強勁的風。

市區的輝煌燈火這時已經被遠遠地拋在後頭，吉普在荒落落的海岸上飛馳。濱海公路像一條銀白色的長蛇，蜿蜒伸展向不可見的前方。石崖下面，潮水嘩喇嘩喇地拍擊著海岸。月亮在不覺間升上來了，掛在東方天空上，好一個清冷的月。

月兒彎彎照九州，
幾家歡樂幾家愁——

田家瑛不覺幽幽地唱起來。石崖下的潮水和著她的歌聲，不絕地發出深沉的迴響。

那瞎了眼睛的流離漢曾經抱著他命根子似的一把老舊的胡琴，在荒落落的海岸公路上彳亍獨行，那手杖敲著柏油路面，一聲聲在空曠的山谷中引起無數的迴響。

他也曾經坐在田家院子裡一張石板凳上，斜著腿併著雙膝，緩緩拉動琴弦，那哽咽的琴聲便從他禽爪一般的手指下飛迸起來；他仰起頭，凝視著碧落落的青天，喑啞著嗓子唱起家鄉千個逃荒萬個流離。

他也曾經把拖著兩條粗辮子的小瑛兒拉在身旁，訴說那萬里流徙，那一步一回頭，望斷千山萬水。

而後來他死了。他嚥氣前請求爺爺把他的骨灰送回家鄉，葬在家鄉的石榴崗上，爺爺答應著。不久爺爺也過世了，那一甕骨灰從此就一直擱在家中的貯藏間的牆角裡，再也沒有人去過問。

田家瑛終於哽咽起來，再也唱不下去了。鄧遜把車子開到崖邊停下來，疑惑地看著她。田家瑛立時止住了哽咽，靜默了半晌，低聲道：

「風好大。」

鄧遜伸過手來，把玻璃窗旋上，風聲霎時間彷彿變得小了。鄧遜和田家瑛靜靜地坐在車子裡，聆聽著石崖下潮水嘩喇嘩喇的響聲。

「今夜潮水漲了。」鄧遜說道。

「潮水漲了──」田家瑛應道。

兩艘歸航的漁船駛進港灣，港中繁盛的燈火迎著它們。

一片清月高掛在港灣上。黑藍的夜色四面圍攏，在無邊無際的天地中，彷佛有一條白浪翻滾著湧向看不見的北方水平線。

「我們回去罷。」過了許久，田家瑛說道。

鄧遜答應了一聲，便發動車子，向回程駛去。田家瑛把臉孔靠在車窗上，攏起眼睛來，只聽見海風的呼嘯聲和潮水的嘩喇聲，交響成一片。

也不知過了多少時候，她驀然聽見前面傳來「哈利路亞」的男女合唱聲。那一聲聲哈利路亞逐漸高吭起來，彷佛嘩喇嘩喇的潮水衝沖著嵯峨的石崖，叫人透不過氣。她忽然想起小時候曾有一回跟著爺爺去看土民祈雨。那天夜裡果然天落甘霖，土民老幼男婦袒裎披髮，在雷雨之中跳著謝神的舞蹈，唱著感恩的歌曲，整夜都沒有停歇。天亮時雨過天晴，金黃的陽光普照大地，土民們靜靜地肅立在田野上，睜著眼睛凝視著東方的太陽。那白髮蒼蒼的族長忽然跪下來，流著熱淚不停地親吻溫潤的土地。

哈利路亞的歌聲逐漸沉弱下來，最後完全吞沒在風聲和潮聲之中。田家瑛一下驚醒過來，睜開眼睛，看見前面一片燦爛的燈光，不覺目眩。

車子駛進了市區，滿街霓虹燈閃進車裡來，田見瑛睜著眼睛，一路看著霓虹燈千變萬化。

車子駛進警察總局，在黑壓壓的停車場上停了下來，鄧遜推開車門，一躍下車，把手擱在車門上，看著車裡的田家瑛，笑著問道：

「露露，下車來喝一杯香檳如何？」

田家瑛微笑點頭，攏一攏滿頭的亂髮，拎起皮包，便打開車門走下車來。停車場上風吹得強勁，帶著一點冷意，她不覺打了一個寒慄，挺起身子來，依著鄧遜，逆著大風，向停車場後那一溜灰黑色的水門汀樓房步過去。

拾著一排石階，轉上第二層樓，便是一條長長的甬道。甬道上燈光昏黃，一名瘦高貌兒的中國警官迎面匆匆地走過來，和鄧遜打照面時，舉手敬了一個禮，鄧遜也即時回禮。過了一會兒，田家瑛回過頭去，只見那中國警官頎長的背影正逐漸隱沒在甬道的盡頭，一轉身，他便看不見了。

鄧遜在甬道中間停下來，把一扇沉甸甸的黑鹽木門兒推開，回頭柔和地說了一聲「請進」，自己便側身站在門旁，讓田家瑛先步進屋子裡去。

田家瑛站在屋子中央，聽著鄧遜把門推上，在黑暗中，她看見鄧遜大步走向窗前，推開了窗子，清冷的月光立時瀉了一地。他站在窗沿，讓月光照著自己半邊臉孔，笑道：

「這便是我臨時的窩，請不要見笑。」

田家瑛在一張破竹椅子裡坐下來，不經意地看著那石灰剝落的牆上胡亂地貼著的西洋女體畫片，當中有一個細眺的模特兒。盤足坐在一堆血紅的氈子裡，作著一臉嚴肅的神情，瞪著田家瑛。田家瑛看她好一會兒，不覺好笑。

鐵柵窗子外頭，月亮已經升到中天上；那清冷的水門汀地上，印著鐵柵斜斜的影子。田家瑛便靜靜地坐在那柵影當中，幾乎屏著呼吸，半晌沒有作聲。

「好一個臨時的窩！」她輕輕冷冷地笑起來。

鄧遜從牆角一個小小的冰櫃裡拿出一瓶香檳來，斟了兩杯，一杯遞給田家瑛，向她略一舉杯，便一傾而盡。然後他坐在田家瑛跟前，看著她，說道：

「露露，我給妳講一個故事——一個真實的故事。二十五歲那年，我由見習官升為刑事警官，當天上頭就交下一宗強暴婦女的案子。涉嫌強暴的男子高瘦個兒，二十四歲，一臉不服氣，站在屋子中央，一個勁兒不吭聲，光瞪著我看。我喚那女人進，來叫兩造對質。誰知這倔強的傢伙，把臉一揚，說老子生平沒見過這女人。我便給他幾個刮子。他一聲不吭，摀著半邊臉孔瞪著我，慢慢退到牆邊，一回身攫住了鐵窗的柵子，一口血吐在窗門上。妳倒猜猜看這男子是誰？就是我們在落日酒店見到的那個巫族豪客。」

田家瑛靜靜地聽著，等他說完了故事，依舊一動也不動。鄧遜立起身來，走到屋子中央，背著手怔怔地站著。

月光顯得越發沁冷了，田家瑛感到寒意不斷侵來，不覺立起身，走到窗前，兩手扶著鐵柵子，瞭望窗外的天地。在北方，港灣的燈火依舊十分燦爛，妝點得那一帶黑晶晶的夜空宛似一張色彩明豔的織錦。

過了一會，她驀然察覺鄧遜兩隻溫熱的手搭在她的肩膀上。她感到一陣嫌惡。窗外那片清冷的月光這時也似乎向中國寡婦山沉落了。

破曉前，海隄上颳著強風。

田家瑛雙手緊緊地攏著衣襟，逆著大風，步上海隄，在石欄干前一張法國花園椅子上坐了下來，輕輕地喘著氣，她覺得饑渴，但她忍著。海風吹得她滿頭亂髮飛舞。

她看著港灣中張燈結綵的輪船，宛如夢魅一般。

「爺爺，風吹得凶，我們回去罷。」

拖著兩條粗辮子的小瑛兒拉著爺爺的大手，抬起頭來向爺爺哀求道。

天陰霾霾的，說不準什麼時候就會落起大雨來，港灣裡的海水一下子變得好渾濁。爺爺一直站在石欄干前，望著陰霾霾的天，一句話也沒說過。小瑛兒想起來，這是第一回爺爺在海隄上不跟她說三寶太監和田墀將軍的故事。

「好，我們回去罷。」爺爺喑啞著嗓子，答應道。

小瑛兒拉著爺爺的大手，走下海隄，沿著海岸公路回家去。

爺爺好疲累。

爺爺的腳步好沉重。

小瑛兒拉著爺爺的大手，要帶爺爺回家去。

海岸公路望不到盡頭。海風飛起小瑛兒的辮子，豆大的雨點開始落下來，落在爺爺的身上，也落在小瑛兒的身上。

好久好久到家了，剛跨過門檻，雨就嘩喇嘩喇地落下來。

那天晚上，爺爺把自己關在屋子裡，差不多獨個兒喝空了一小瓶家鄉來的高粱。他老人家左手七巧，右手八仙，自己跟自己豁著拳，行著令。爸爸和媽媽都不敢勸阻他老人家，只好在房門外唉聲嘆氣，急得什麼似的。爺爺只准小瑛兒一個人在屋子裡陪著他。

爺爺又看見同船的鄉親們，一個個用鐵鏈子鎖著，被折磨得不成人樣兒。那位船主和水手們個個如狼似虎。

家鄉年年鬧荒，月月驚兵。一場內戰打下來，死人堆成山高，鬼門關都關起來不收凶鬼，每逢陰雨天，就聽得遍野鬼在哭。沒奈何，便跟鄉親們結伴千里迢迢，漂洋過海走南荒。

但是，爺爺可不是用鐵鏈子鎖著來的。爺爺是個讀書人，中過鄉試，是個秀才，夷人也還懂得敬重讀書人。

船航過占城，艙裡就發生了霍亂，船主命令把艙口封起來。那真是一場惡夢，一直到船靠了石叻碼頭，還不准離船上岸。妳六叔公死在船上，遠房的四伯父上得岸來也不及醫治而死了。

那晚爺爺喝了酒，臉色真難看。在他們田家，爺爺算得是第一等的海量。爺爺還年輕的時候，有一回跟鄉裡來的壯丁們比賽酒量。奶奶說：那晚上喝的洋啤酒瓶子從酒舖裡一直排到街上，妳爺爺還嚷著說：咱們就讓酒瓶子排過街去，鄉親們再過對街那家酒舖裡去喝個痛快。酒舖裡的人把妳爺爺給架回家來，妳爺爺他呀醉一日一夜都沒醒過來。

但爺爺今晚喝空了一小瓶高粱酒就醉得人事不知，酒醒後生了一場大病，再過不久就過世了。閉眼前他還一直惦著那瞎眼流離漢的骨灰要運回家鄉。

田家瑛彷彿看見爺爺獨個兒佇立在石欄干前，白髯飄飄，凝神望著港灣中一艘飽歷風霜的海船，船梯放了下來，步下一列袒裎披髮，鎖著鐵鏈的鄉親。

田家瑛終於忍不住哭泣。她垂下頭來，蒙著臉孔，蜷縮在鐵椅子的一角裡。

風停落了。田家瑛睜開眼睛來，望見東方水連著天的地方正透射出紅瀲瀲的光來。

她立起身，緩緩地走到白石欄干邊，憑著它，凝視著日出的地方。黎明的微風帶著輕輕的寒意吹拂著她的頭髮，一片枯葉投落下來，她伸出雙手輕輕地承住，又就著嘴邊把它徐徐地吹送去了，直看著它飄落在港灣裡頭。剎那間，東方天空金光萬丈，太陽自海中冉冉升起；再一忽兒，便已照亮了整個港灣。她伸展開雙臂來，迎著朝日，靜靜地、癡癡地，半晌一動也不動。港灣裡的燈火依舊亮著，但已不似昨夜黑夜裡頭那樣的絢爛。

太陽升起，東方一片金光。

日出時，東方天與海一片金黃。大明帝國艦隊啟航歸國，艨艟巨艦櫛比相連，桅檣如林，揚著金色風帆，迎向金光萬丈的旭日排海航進。田墀佇立旗艦船樓，陪伺三寶太監身側，驀然回頭，睜著一雙鷹眼，凝視著中國寡婦山的峰頂逐漸隱沒於霞彩之中。旗艦高聳的桅桿頂端，大明王朝永樂皇帝的黃色龍旗迎著朝日飄舞。

（一九七四年）

原收入《拉子婦》（台北：華新，一九七六）

老人和小碧

晌晚時滿天落霞，老人滿載歸來，駕著船兒進入避風塘。當船盪進塘口時，他聽見嵯峨的石崖上有一個小女孩呼喚他，再一忽兒，便看見她飛奔下石崖來，迎著紅日頭，飛著一頭短髮。避風塘中風平浪靜，映著潑紅的一片天，老人掌著舵，向棧橋平平穩穩地盪過去。晌晚的紅日頭下，小碧早已佇立在棧橋上，朝著老人揚著小手，笑吟吟地呼喚道：

「秦老爺子，您回來了！」

「小碧兒，我回來了。」老人朗亮的應道。

船還沒來得及靠岸，豹子頭就撐起身了，抖一抖渾身金溜溜的毛，縱身一跳竄上棧橋去。小碧跪下來，摟著豹子頭的頸脖子，柔聲問道：

「豹子頭，豹子頭，今兒你幫秦老爺子打了好多魚呀？」

老人把船兒往棧橋靠上，繫好纜子，兩手便扠在腰眼兒上，微笑的瞅著小碧和豹子頭，即將沉落的老陽兒照紅了他那張日曬風吹的臉龐。隔會兒，老人得意的說道：

「小碧兒，妳瞧今兒我打的好魚。」

小碧細心數一數堆在船板上的魚——白鯧、黑鯧、馬鮫、青花魚，足足四十八條好魚，好些還在活蹦蹦亂跳著。她不禁驚嘆道：

「秦老爺子，您真本事，打了這多的魚回來。」

「秦老爺子年紀輕的時候，才真的本事呢。有一回出海，打了一條七十斤的白鯊回來，賣了換半年的米糧。」老人說，一臉遮不住的驕傲。

大海的日頭把老人曬成古銅；一個夏天老人打著赤膊，只在腰眼兒下面寬寬鬆鬆的繫著一條綴滿補釘的短袴兒。他拿一方沒經搓洗，抹布似的破汗巾，胡亂的在臉膛和身上揩了幾把，便蹲下身，收拾魚網子。

「秦老爺子，我來幫您收拾魚網子。豹子頭！到別處蹓躂去。」

小碧說著，踩著橋梯溜下來，竄上船，沒再開腔，便低頭幫老人收拾起魚網子來。

「小碧兒，妳爹出海可回來了？」

「還沒呢！出海八天了。」小碧答，細聲細氣的，頭也沒抬。

老人心裡暗自嘆息。這丫頭性子急，脾氣野，但做起活計來可又細心又靈巧，就像個大人模樣，偏偏她那個狠心的娘孤零零地撂下她，捲了家中財貨跟野姘的男人逃到城裡去。這年頭的婦道人家——老人禁不住搖頭。

「秦老爺子，您快瞧，八叔他們倒先回來了。」

紅日頭底下，一艘大船揚著褐色的風帆進塘來。小碧撇下手中的活計，匆匆的上得棧橋去，一個勁揚手呼喚：

「八叔，我爹怎不跟您一道回來呢？」

歸航的船平穩的靠上橋，探出一張赤黑的臉膛，拉著嗓門喊道：

「妳爹追一群青花去，怕明朝才回得來，小碧兒，妳回家告訴妳娘，叫她別惦著啊。」

小碧沒等他把話說完，便一旋身，蹬蹬蹬的奔下橋梯，回到老人船上，低頭又拾起活計，再也不吭聲。老人把一隻鷹爪子似的大巴掌擱在她細細的肩胛上，勸道：

「小碧兒，莫難過，妳爹明朝就回來了，載著滿船的青花。」

小碧點點頭，噙著淚水。

張曬了網子，老人和小碧把四十八條魚串成三串兒。日頭緩緩的沉落，滿天塗了胭脂似的，紅漫漫的一片，一群回窩的黑鴉子打塘上呱噪著飛過，老人抬起頭，覷起眼睛，望著黑鴉子飛向沉落的紅日頭。韓八爺走過來，站在橋頭，一尊黑鐵塔似的，向老人招呼道：

「秦老爺子，您老人家今兒收穫可好哇？」

老人把三串兒魚高高的舉在手裡，呵呵笑道：

「老天總算還念著我這個老頭，今兒柴米油鹽酒全有著落了。」

韓八爺哈哈大笑，露出一排堅白的牙齒。

「老八，你這回出海可遇著大魚群？」

韓八爺的眼睛登時發亮。「出海第二日夥計們便發現一群白鯊，直追到外海，到底逃不出我老八的手掌心。」

韓八爺偏過頭去，把兩隻粗大的巴掌扠在腰眼兒上，得意地瞅著夥計們把一條條白鯊卸下他的船。

老人覷起眼睛，望著塘口外千里金黃的大海，一時出了神，手裡還拎著三串兒魚。小碧走過來，拉著他的大手，抬起臉兒來說：

「秦老爺子，日頭快落了，咱們該走啦。」

老人回過頭來，長長的吁一口氣，一隻手摟住了小碧的肩頭。

「豹子頭，豹子頭，你到哪兒頑去了？」

三口子迎著落日，順著石板道往圩上行去。半路上，小碧忽然悄悄的說：

「秦老爺子，我不陪您去金老闆那兒啦。」

沒說完，就一溜風往後跑，豹子頭追在後頭，兩三口菸工夫，小碧和豹子頭就消失在金粉似的落霞中去了。

「秦老爺子，您回來啦。」

小碧的後娘白白淨淨的臉上堆著笑，迎面行來。

「二嫂子，妳到塘上去啊？」

「去望望小碧的爹回來沒。」

「方才聽老八說，小碧的爹追一群青花去了，怕要明兒才回得來。」

「老八先回來啦？」小碧的後娘眸子一亮。

「先回來了，打了滿船的白鯊。」

「剛才跟您一道的可是我們家小碧？」

「小碧幫著我收拾網子。」

「唉！」小筆的後娘幽幽的嘆氣，「秦老爺子，您不知道，我雖說不是小碧親生的娘，可從小把她當自己的孩子看，我跟她的爹又沒生養過一男半女。這丫頭每回瞧見我，就當著撞著無常似的。」

「二嫂子，小碧年紀還小，性子倔，妳就慢慢開導她。」

小碧的後娘打胳肢窩下抽出一方白綢子細汗巾來拭眼睛，一個勁的點著頭。

「秦老爺子，小碧跟您最投緣，最聽您的話，請您也說說她。」

老人答應著，小碧的後娘便千恩萬謝地辭別，自家慢慢的往塘上行去。

老人進得金四老闆的舖子來，一眼瞥見堂屋中央一張四方檯子圍聚著七、八個人，有踞在長條凳上的，有站著把腳巴丫兒擱在板凳上面的，一個個伸長脖子，睜眼在莊家精瘦的黑臉膛和兩手抓著的搖碗之間來回的睃著。做莊的張癩子翻著白眼，煞有介事的喳喝；一眼瞄著老人跨進舖來，忙停手招呼：

「秦老爺子，您來得可正巧，就請下個注兒，試試手氣！」

老人打褲頭摸出兩個銅錢來，豁郎一聲摜在那押大的一堆注上：

「就押個大的罷。」

那張癩子裝神弄鬼了半天，揭開碗蓋，喝道：

「嘿！么三四——吃大賠小，包涵啦！」

「我說張癩子，你在秦老爺子面前裝神弄鬼，可正合了一句老話——孔夫子門前賣孝經啦！」一個押大的說，吃吃的笑起來。

「你你你麻子手氣不好，只怪你自家昨晚趁劉老乞出海沒回來，摸進他屋子去睡他老婆，做了損陰德的勾當！」張癩子一臉發赤，「秦老爺子，您別聽他混說，本來呢，賭錢賭興致，認真起來還有什麼意思？——老爺子，這把兒斗膽暫時收下您的注啦，您請再下一注，翻翻本兒。」

老人呵呵的笑起來：「賭錢賭興致——今兒沒什興致，不賭啦！」

金四老闆使手指搓弄著滿臉的鬍渣子，隔著櫃檯正帶著點兒興味的看一幫光棍喳么喝六。這時他笑著對老人道：

「秦老爺子，誰不知道您自從金奶奶過世之後就戒了賭。想當年，此地方圓數十里之內，哪個在賭坊玩玩的朋友不識得您拚命三郎秦老三？」

老人打了個苦哈哈，沒答腔，逕自舉起手中的三串兒魚。

「金老闆，你瞧我打的好魚，今兒可不必再向你賒兩盅白酒了。」

鋪裡還沒掌燈，一溜傍晚天光打格子窗投進來，映紅老人風吹日曬的古銅臉膛。老人覷起眼睛來。

金四老闆搖了搖頭。

「秦老爺子，您兒子義德在城裡發了，三番兩次著人來接您去養老，您總是避不見面，心甘情願孤零零一個人划一條老船，帶一張破網，在海上吃風吹雨打。說真個的，我搞不通是什麼名堂！」

老人但笑不答。金四老闆嘆了一口氣，接過老人手中的四十八條魚，擱在櫃檯邊一只簍筐裡，打櫃下抽出一本帳簿，隨意翻了開來，架上眼鏡，拈起一管毛筆，飽飽的蘸了墨，道：

「秦老爺子，今晚您要辦些什麼貨？」

「兩斤牛腱肉，三兩鐵觀音，再給小碧兒帶一包話梅兒。」

老人轉身在一張檯子旁落座，一雙鷹爪子似的手穩穩地撐住檯面。金四老闆送上一壺白酒，一只盅兒，一碟鹹脆花生米，隨口說道：

「起風了，今宵怕有大風大雨呢。」

老人不經意地哦一聲，透過格子窗，覷起眼凝望滿天迴光返照，抹著血似的落霞，飽經風雨的清癯臉膛現出一條條刀劃般的皺痕來。隔了半晌，老人回過頭，慢慢的篩了一盅酒，搓著花生米，自管自的喝起來。金四老闆悄悄的踅過來，把燈上了。隔鄰傳來張癩子陰陽怪氣的嗆喝，老人沒理會，自家慢慢兒的喝完一壺酒，起身把裝口糧的布囊子揹在肩頭上，踏實步兒，出了金老闆的舖子。

海上開始吹起風來。老人帶著兩分醉意迎風走出舖子，只覺一身暖和，四肢舒泰，便趕著沉落的日頭慢慢回家去。

塘岸上韓八爺和小碧的後娘在說著話兒。小碧的後娘一身素白的衣裳在風中飄飛，和韓八爺立在一起，一個像一株弱柳，一個就像一尊黑鐵塔。

「秦老爺子，您看見我們家小碧兒沒？」

小碧的後娘急急的問道，嗓門兒帶點悽酸。

「沒呢，八成跟豹子頭上石崖去了。韓二嫂子，妳先安心回家去罷，我這就順道兒上石崖去瞧瞧。」

「她爹一天出海不在家，她就一天不見人影兒，把我這個晚娘當蠍子兒似的。」小碧的後娘打胳肢窩抽出汗巾來悄悄的拭著眼角。

「起風了，二嫂子，妳先回家去罷。」韓八爺道：「妳身子不硬朗。」

小碧的後娘幽幽的嘆息，轉回身，行了十來步，又回過頭來。

「秦老爺子，這就麻煩您瞧瞧我們家的小碧兒，叫她早點回家來呀，免得我惦著。」

老人答應著。小碧的後娘順著石板路，迎著滿天抹血似的落霞，在風裡頭蹭著步兒慢慢回去。

韓八爺瞧得她行遠了，回頭向著大海，覷起眼鏡望一回天色。

「今晚可有一場大風雨哩。」

天悄悄的堆起瀰漫四野的陰霾，日頭沉落的海角抹著一片血。海上捲起剽勁的風，塘口外嘩喇嘩喇地響起了潮聲，塘裡開始激起細浪來，打碎了日頭的殘照。周遭靜悄悄的，圩上人家炊煙四起，吃風一捲，散得老遠。一群黑鴉子打塘上飛掠過，呱噪著撲向抹血的海角。老人覷起眼睛，仰頭察看一回天色，將自家老船的繩子紮實。

老人一雙打赤的腳巴兒踩著亂石一步步上石崖來。小碧緊緊的摟著豹子頭的脖子坐在一塊大青石上，凝神望著日頭快全沉落。聽見老人的步聲，她回過頭來，笑著指紅日頭說：

「秦老爺子，您瞧沉落的日頭多好看。」

老人卸下揹著的布囊子，挨著小碧身旁坐下，沉沉的吁一口氣，一雙鷹爪子撐著膝頭，望著落日。

「日頭要趕風雨前沉落，小碧兒，咱們爺兒倆趕早回去，妳娘惦著妳哪。」

小碧不情願的垂下頭，把臉兒貼著豹子頭的腦瓜子。隔了半晌，抬起臉兒來，輕聲說道：

「秦老爺子，我老想自己也有一條船，像您的那樣的船，獨個兒划出外海，瞧晌晚的紅日頭沒落海裡。」

老人把一隻大巴掌擱在小碧細細的肩頭上。「小碧兒，妳倒猜猜看，秦老爺子年紀輕的時候最得意的事是什麼？」

「您年紀輕的時候？——」小碧仰起臉，瞅著老人飽經風霜的臉膛，眸子亮著。

老人點點頭，眸子也亮著。「我年紀輕的時候，總愛在不跟大夥出海打漁的日子，獨個兒划一條小船出海，在野茫茫的外海看日頭沉落，待天黑上來，才乘著風，順著浪，趕在月亮升起前頭回來，有一回還打一條六十斤重的白鯊。」

「您說過的。」

「我說過嗎？」

「娘說，您年紀輕的時候有個渾號叫什麼黑浪兒秦三。」

「如今年紀大了，可不比當年啦。」

「您可沒老。」小碧認真的說，一臉嚴肅的神情。老人朗亮的笑起來。

「娘還說呢，您從前有二十條船。」

「妳娘沒錯，秦老爺子當年確實有過二十條船，二十條船，條條可都是結實的好船呵。」

「後來呢？」小碧仰著臉，瞅著老人的臉膛。

老人望著日頭，嗓門沉沉的：「後來秦老爺子迷了心竅，一條船接一條船往賭檯上押，押到最後一條家傳的老船時，船上掌舵的趙老四跑來賭場捎信，說妳秦奶奶老病發了，恐怕沒有指望，催我回去辦後事，我紅著眼睛往家裡跑，沒想到妳秦奶奶早半個時辰先嚥了氣，連最後一面都見不著。」

老人歇了一會，又說：「妳秦奶奶去了，二十條船沒了，妳義德叔氣得跑到城裡去，留下一間老屋和一條小船。妳秦奶奶頭七隔日，我獨個兒划小船出海。出海前瞧著天色會有大風雨，我沒理會。晌晚時果真遇上大風雨，冒著風浪回塘來，剛進塘口，便看見山崩，把秦家數百年老屋埋在土裡。」

天色一點一點黑上來，日頭沉落的地方只殘留一抹血。黑鴉子淒涼的呱噪，風慓野地嗥著，一條一條白刃似的浪衝崖岸翻來，白硝硝的浪花潑得半天高。老人覷眼望大海，半晌都沒開腔。

「秦老爺子，娘說，娘生我是在大海上。」

老人點點頭。「沒錯兒，妳娘懷妳七個月就產下妳來。那時妳娘跟著妳爹出海，海上正起著大風雨，妳爹帶妳娘兒倆連夜回塘，我老遠瞧見妳爹船上的燈號，打著馬燈上崖，引妳爹進塘，我抱著妳下船回家，妳哭得好朗亮。老人保佑妳娘兒倆都平安。」

小碧捧著腮子，瞅著咆哮的大海，隔了半晌，接口說：

「後來我娘跟人跑了，我爹氣得像一頭獅子似的，追去城裡，娘沒給追回來，我爹可帶回一個粉白的女人，直逼我趕她喊娘，我沒肯喊，爹氣起來，狠狠的掌我兩個耳括子。頭一遭，爹氣得打我。我哭著跑出來，坐在這兒喊我娘，天晚了，爹才打著馬燈尋我回家。」

「妳現在的娘，她不也疼妳嗎？」

「她倒是疼我的，」小碧露出一臉子的困惑，思索了半刻，發急道：「但她說什麼也不是我的娘，我娘可沒她白嫩，我娘沒挽大圓髻，我娘沒穿白緞衫兒，我娘出門沒帶汗巾兒——。」

她倏的停住，緊繃著臉，猛抬起頭，一臉通紅：

「有一回，爹出海沒回來，只她跟我在屋裡。我半夜醒來，看見她摟著我睡，我怕起來，跑出屋去，天亮時才敢回家。」

小碧一頭赤褐的短髮吃風吹得亂飛起來，老人瞧著，把一隻大巴掌輕輕的平擱在她腦門上。

「秦老爺子，明兒您還出海嗎？」

老人望望天色：「明兒若還出個好日頭，便一早出海。小碧兒，回家去吧，妳娘惦著老半天了。」

七、八隻落群的黑鴉子崖頂上亂啼。雨瑟瑟的落了。小碧敲敲豹子頭的腦杓子，喚牠回家，豹子頭不情願的撐起身來，使勁的抖著一身金溜溜的毛，齜著白牙打了一個響呵欠。小碧倏然變了臉色：

「秦老爺子，您聽，娘在喊我！」

小碧的後娘頂著雨，一個人急急的蹭上崖來，一路喚著她家的小碧。

「娘，我在這。」小碧再沒遲疑，趕到崖邊迎她的後娘。

小碧的後娘上得崖來，一個蹭蹬，一雙膝頭軟了下來，白淨子臉膛泛著青。小碧在她後娘身邊跪下，輕輕的喚著：

「娘，娘！」

小碧的後娘掙起身來，一把摟住小碧的肩胛：「小碧兒，妳跟娘回家去！」回頭深長的嘆了一口氣：「秦老爺子，您瞧，這個丫頭！天多早晚了。也不管她娘在家擔驚受怕，唉！」

老人少不得勸她幾句，伴她娘兒倆下崖。小碧跟在她娘身後，默默的垂著頭，老人悄悄地把一包她愛吃的話梅兒塞進她手心裡。下得崖來，小碧的後娘辭謝老人，娘兒倆一前一後頂著風雨回去。老人望著她娘兒倆去遠了，轉回身，帶著豹子頭，踩著海崖的亂石，趕回家去。雨落得冷急，老人不由得縮起脖子，打起個寒噤來。

老人涉水進得石窩來，一身上下吃雨打得渾溼。卸下布囊子，掌燈生火，一股暖氣登時充塞一窩。老人長長的呼了一口氣，挨著紅亮的柴火，在一張矮板凳上落座，裝一窩菸，叨在嘴角邊慢慢兒的吸起來。豹子頭踅到火旁，歪在老人腳跟前，闔起眸子，愜意的打盹兒。一窩的和暖，一窩的安寧，只聽得柴火時時炸出火星子來。老人在豹子頭腦門上扳了兩掌子，問道：

「豹子頭，可暖和了吧？」

豹子頭愀然不樂，齜起白牙，眸子卻沒睜開。老人照他尻眼兒上了一巴，笑道：

「你挺屍兒去吧，我可得燒飯了，燒好不准你吃！」

先抓把米，淘了上灶，又三刀兩下，把一塊巴掌子大牛腱肉剁碎，配上佐料，一古腦兒落鍋，架在火頭上熬起來。一刻工夫，窟內充溢牛肉的濃香，豹子頭一個勁的抽著鼻子，眸子卻睜不開。老人搖搖頭，不去理會牠，自家沏一壺鐵觀音，坐在火旁，慢慢兒的品啜，忽的擱下茶盅，側耳凝聽半晌，起身出窟門來。只見一隻黑鴉子頂著風雨，撲著翅兒亂飛，啼聲尖尖細細的，竟是失散了娘的雛兒。老人瞧著，不覺呆了一回，一陣疾風挾雨點子潑來，那雛鴉子一個翻翩，斷線的紙鳶似的，落在海中，登時沒了影子。老人涉水尋覓，終究沒尋著。

回得窟來，披上老襖子，坐在火旁烤火，重新斟一盅茶，啜了兩口，沒來由的嘆一口氣。隔會兒米熟，揭開鍋蓋，白霧挾著飯香騰散開來。豹子頭睜開眸子，朝天打了個響呵欠，瞅住鍋頭，一臉子的饞相。老人笑道：

「小猴崽子，饞了吧？莫急，待會有你吃的。這會子給我好好的瞧著，莫讓耗子在上頭落矢。」

邊說邊將飯鍋挪往一旁，在灶頭上架一壺水，又坐回火旁，慢慢兒的吸著菸，待牛肉熬熟。窗門兒外，風雨一陣緊似一陣，要將天門頂給掀翻似的；老人彷彿渾然不覺。

兩個時辰過去，火候可夠了吧？揭起鍋蓋子，熱騰騰的牛肉香照面潑起，溢滿一屋。老人點點頭，十分得意，盛一海碗白飯，加兩大杓牛肉，叫豹子頭自家去吃，又架上鍋頭，炒一味下酒的韭菜。諸事停當，揭開罈子，打一海碗陳年黃酒，在矮板凳上落了座，挨著柴火，自鍋裡挑一塊又軟又滑的紅燒牛腱肉，塞在嘴裡，愜意的自篩自飲起來。

兩海碗黃酒落肚，竟有了三分醉意，抬頭一瞧，只見頂門兒上那盞馬燈滴溜溜的打著轉。老人嘆一口氣，又打了一碗酒，一氣落了半碗。

「七巧哪！」

「八仙哪！」

一股丹田熱氣上升，老人只覺一身燥熱，索性撂去襖子，紅著臉膛，大聲喳喝，自家跟自家豁拳行令起來，十分得勁。贏歸自家喝，輸也歸自家喝，一個時辰下來，大半罈黃酒竟喝得三四成了。頂兒門上馬燈亂轉，投出一屋子黃暈暈的光來。老人撐起身子，卻踩不實步兒，腳下兩個蹭蹬，跌坐在矮板凳上，便把一雙巴掌撐著膝頭，瞅住馬燈。

——誰家在打門哪？三經半夜，又是風，又是雨。誰家這個時辰來打門？

窟門兒外敲打石壁的聲音老遠老遠傳來。

——莫不是義德的娘回家來？

打門的聲響越發急湊，一聲聲敲在人心頭上似的。老人撐起身，狐疑的探著步兒，一陣寒風挾著雨潑進窟來，老人打了兩個踉蹌，不由得跌坐回灶頭邊上。

一頭老黑鴉悄然飛進窟來，停落灶頭上，一邊撲著渾溼的翅兒，一邊瞅著老人，那一雙眸子直勾人神魄。老人心念一動，正待掙起身子，卻彷彿墜入一個沒底兒的深坑，一時天旋地轉，總撂不去那兩粒黑晶晶的星子。

半夜冷醒，柴火已經熄了，那老黑鴉也沒了蹤影。老人在餘燼上加兩片柴，生一堆新火，煮一壺熱茶。豹子頭睜開眸子，伸了個懶腰，打了個響呵欠。

窟門兒外，風雨落得老遠老遠；柴火燒得噼啪價響，照得一窟紅亮。

豹子頭撐起身子，瞅著窟門，倏的一聲低嗥，飛也似的闖出窟門兒。老人擱下茶盅，霍然立起，跨大步兒跟到窟口。一忽兒隄上響起豹子頭兩聲悲涼的嗥叫，老人涉水趕上隄。只見小碧跪在亂石堆上，一身渾溼，瞧見老人，仰起發白的臉龐，細細弱弱地笑道：

「秦老爺子，是小碧兒呀！」

老人跪下來，緊緊地摟住小碧顫抖的身子。回得窟來，把小碧安置在紅亮的柴火旁，襖子披在她身上，就在火上熬一碗薑湯，餵她喝了，泛青的小臉兒漸漸現了紅。老人把一隻鷹爪子似的大巴掌擱在小碧細削的肩胛上，輕輕地拍著，柔聲道：

「闔起眸子，明兒醒來，跟秦老爺子一同看紅日頭打海裡升起來。」

小碧依在老人飽經風雨的胸膛，聽話的闔起眸子，一忽兒又睜開來，泛紅著臉兒說：

「我做了一個噩夢，夢見我站在石崖上，遠遠望見我爹的船遇著風雨，我爹掌著舵，跟浪搏鬥，後來一個大浪打在我爹船頭上，船便不見了。我心裡害怕，就醒過來，去喊我晚娘，推開我晚娘的房門，看見我晚娘跟八叔摟著睡得死熟，就沒命的跑出來。」

小碧闔起眸子，沒再開腔。

風停雨歇，窟門兒外，天慢慢的露了白。

老人輕輕放下甜睡的小碧，斟一盅冷茶，一氣落肚，長長的吁一口氣，行出窟門。

天白濛濛的，還沒出日頭。

一條細浪悄悄的翻到岸邊來，打著巉石，迸出細碎的水花；浪退時，老人猝然瞧見一隻死去的雛鴉子載浮載沉，心頭一動，正待蹲下身子去撈取，又一條細浪翻來，那雛鴉子登時沒了蹤影。

回到窟內柴火幾乎熄了，便使一把火鉗在火上剔兩下，又生出紅亮的火來，照著小碧清細的臉兒，無比的安寧。老人悄悄的尋出兩件舊衫兒，拿到窟門大青石上燒化。

「秦老爺子，您在燒什麼呀？」

小碧笑吟吟的站在身後，臉兒叫火光照得紅亮。

「給妳秦奶奶送兩件衫兒去——地下冷的。」

「秦老爺子，您瞧，日頭出來了。」

小碧纖細的指頭兒指著的地方，正透出紅瀲瀲的光來。老人覷起眼睛，望了一回，若有所思的點點頭。

「小碧兒，今兒會出個好日頭，秦老爺子好出海去。」

「我坐在石崖上望您回來。」小碧笑道，好開心的。

乍然響起滿天的呱噪，一群黑鴉子打海角那邊迎著紅日頭飛來。老人和小碧仰頭瞧著，半晌一動不動。

（一九七一年）

原收入《拉子婦》（台北：華新，一九七六）

死城

我們對看了一眼，便跳上那車子。他發動引擎，車子便向空曠的大街開去。沒有風。從窗子逼進來的空氣，薰得人發昏。港中燈火燦爛，宛如一條長長的鏈，鎖著港灣。我側頭看他時，不覺悚然一驚。那半邊面孔，在燈火之中，變得出奇的怪異。紅色，藍色和青色的燈火在四周閃爍，襯托著那張灰色的面孔，彷彿是夢魘中僵屍的臉。若是僵屍也有一個可笑的扁鼻子和兩片厚厚的嘴唇，他便是那個僵屍。僵屍駕著一輛車子，在通衢大道上飛馳。我是這輛車子的唯一乘客，坐在我身邊掌握駕駛盤的是一個夢魘中的僵屍。

大英銀行、三和物產、花旗保險、大東日報、泰西輪船、通盛企業、希爾頓大酒店。十色的霓虹燈依舊閃爍，和港中的燈火，相互輝映。僵屍駕著車子在燈火中飛馳。

沒有人阻礙他的去路——馬路上人都已絕跡。只有那些幽靈在黑暗的角落裡孤獨地踱著。幽靈荷著步槍，皮靴發出桀桀的聲響。他們從這個角落靜靜地踱到那個角落，又從那個角落靜靜地踱回這個角落。沒有人驚擾他們。他們彷彿是守衛港口的兵士。僵屍在他們身旁飛馳而過，他們都漠然無動於衷嗎？

車子越過馬路上的一灘血。我聽見冤鬼在哭泣。他緊緊抓著駕駛盤，眼睛直視正前方，難道他真的沒有聽見冤鬼的哭泣？人們在血上踐踏而過，鞋底沾著血。車子也在血上飛馳而過，輪上沾著血。冤鬼的血被踐踏，他們痛苦地呻吟和哭泣。現在人都已躲了起來，車子也都鎖在屋子裡，是害怕黑夜裡的鬼哭嗎？

冤鬼們蹲在馬路上，守著他們的血。月亮已經在中天，是回去的時候了。

車子在他們身上輾過。他們從馬路上站起來，用手抹抹身上的血。他們像一支肅穆的送殯隊伍，踏著他們自己的血，緩緩進發。他們知道在黑暗的角落裡有機槍對準著他們嗎？他們的神情冷漠凝重，彷彿完全無視面對著他們的機槍陣。前進，前進——我們要在天亮之前趕到家裡和親人訣別。路很長呵。月亮已經在中天，很快就會聽到雞鳴。我們要在天亮之前趕到家裡，親人正在焦急地等著我們。桌上的菜肴早已冷了，放在鍋裡熱一熱，好讓我的老二回來吃熱的，莫吃冷的吃壞了肚子。怎麼我的老二到現在還沒有回來？母親——馬路上流著血，很不好走，妳別等我，先睡了罷。我們要趕路。我們要趕路。哼喲——哼喲——我們踏著鮮血趕路喲——。驀地裡，機槍聲大作。霎時間，血肉橫飛，馬路上血流成河。我們要趕路，我們要趕路，我們要在天亮之前趕到家裡。機槍聲越來越密，腳下鮮血越來越多。我們要趕路，我們要趕路，我們要趕路喲——。

僵屍咧著咀唇，欣賞著眼前的一副奇觀。他的雙手沾滿鮮血。他駕著車子，在血中飛馳。

我們要趕路，我們要趕路。路很長呵——

忽然間，冤鬼們一個個變成了瘋子。瘋子們披頭散髮，在大英銀行前跳著怪異的舞，唱著淒厲的歌。大英銀行的旗桿上飄揚著一條黑色的女人三角褲子。狂歡的瘋子們將那面在桿上飄揚了百年的米字旗扯了下來，狠命地在腳下踐踏。他們越舞越急，越唱越淒厲。機槍對準著他們。

片刻之後，一片喊殺聲震天。無數發了瘋的人們黑壓壓地湧上來。我們立刻築起一道肉牆。

「殺死番鬼——殺死番鬼！殺死他——」

「吊死依不拉辛！」

「吊死亞里奧斯曼！」

「吊死亞邦蘇來曼！」

「殺死他——殺死他！衝呀——」

不要命的瘋子們衝來，我們的肉牆立刻斷成數節。瘋子們衝過第一道防線，面對著機槍陣。忽然一個瘋子發出了淒厲的嗥叫——

「那條番鬼的走狗——那條狗！殺死他——殺死他——」

發了瘋的人們像觸電一般，停止了他們的舞蹈和歌唱。每個瘋子暴凸著他們的紅眼睛，露出磨得發亮的牙齒。半晌，瘋子們像一群餓瘋了的豺狼，嗥叫著撲進機槍陣。

「那條狗——那條唐人狗，殺死他——殺死他——」

我的手在顫抖，我要抓緊我的短火。瘋子——你們罵我是一條狗。

「狗——你躲在番鬼的沙籠裡！你滾出來！」

瘋子——你們罵得真好，我就是一條狗！我是一條要咬破你們的喉嚨吮你們的血的狗！我紅了眼睛，我要殺死你們這些瘋子。我要喝你們的血，喝得滿咀腥紅。

「殺死他——殺死他！那條唐人狗——」

瘋子們張著血盆大口，露出磨得發亮的牙齒。瘋子——我有短火，我不怕你們。看到底誰殺了誰。你們這些瘋子，我用短火一個個把你們打死。我看著你們倒在街頭上，滿身鮮血，淒厲地嗥叫，乞求我大發慈悲，然後才慢慢的死去。我看著你們的親人來哭你們的屍。你們這些不見棺材不流淚的瘋子。

「狗——狗！殺死他——」

你們這些不要命的瘋子，我只要一開火，你們就會立刻倒在街頭上。我警告你們不要衝來，我的短火不長眼睛，從前在校裡時，我的射擊是全班第一的。你們不要過來，聽見沒有？我不客氣了。我的手在顫抖。我怕什麼？我有短火，我要抓緊我的短火。我的射擊是全班第一的。奧斯曼監督向來誰也不服，只服我的槍法，又快又狠又準。你們都給我站住！聽見沒有？我的手在顫抖。你們不要逼我，我不想殺你們。我們都是唐人，為什麼要自相殘殺？要殺就去殺那些番鬼。我的手在顫抖。我的槍法——你們不要逼我。

「唐人狗——唐人狗！殺死他！不要放過他——」

瘋子要殺我，因為我是一條狗。我怕什麼？我有短火。我的槍法——我的手心在淌汗，我要抓緊我的短火。不要過來！聽見沒有？我要開火了。

沒有人聽見我的呼喊。瘋子們獰笑著，嗥叫著，露出磨得發亮的牙齒。

「殺死他！狗——狗——」

你們給我站住！我要開火了。砰！我向空開火。我的手在顫抖。你們不要逼我。我也是唐人！我也是唐人。

「唐人狗！唐人狗！不要放過那條番鬼的走狗——」

瘋子——你們真要殺我。我和你們無怨無仇。

「血債血償呀——」

瘋子們張牙舞爪，向我撲來。我的手在顫抖，我的腳也在顫抖。我也是唐人哪——

「血債血償呀——」

瘋子——瘋子——

我的頭像破裂一樣的痛楚。怎麼一點風也沒有？我的頭——。我只想睡一覺。——那些血盆大口，那些磨得發亮的牙齒。瘋子們張牙舞爪，他們只想要我這條狗的命。那一張張怪異的面孔呵。

這僵屍——他站在大英銀行大門前的階級上，得意地欣賞眼前的一幅血肉橫飛的奇觀。他的雙手沾滿了鮮血。沾滿了鮮血的手掌握著駕駛盤，在馬路上飛馳。我是這輛車子的唯一乘客，我和一個雙手沾滿鮮血的僵屍同在一輛車子裡。瘋子們罵我是一條狗，他們罵得真好。

港中燈火好亮呵。沒有輪船出港，聽不見長長的汽笛。我真渴望現在有一艘輪船出港，響著長長的汽笛，向東駛去——向東駛去——只剩下一個黑點。從前我小的時候，祖父常常牽著我到港邊來看輪船。現在我大了，祖父便牽著大哥的孩子。這個時候，祖父在家中一定惦著港中的輪船，不知道在什麼時候出港？

美洲理髮室、雅式西服、祥盛棧、維多利亞大酒店。從前母親上街，總要拖著我。街上人多得不得了。在上街前，家人總要告誡我，莫讓人拐了去，賣給番人。因此我就緊緊牽著母親的衣裳，一步一步跟她走。我最喜歡母親帶我來港邊的大商店，看港中的輪船，看馬路上的汽車和摩托西卡，看櫥窗裡的東西。母親——這兩天您沒上街，小鬼頭們一定和妳歪纏，您就唬他們，說街上到處都是鬼，由剛剛死去的人變的。妳說亞末辛德咖哩飯的廊上便擺著一具死屍。那個番鬼，他想吃一盤咖哩飯呢。那些瘋子也太忍心，飯也不給他吃飽，便殺了他。也不知道用什麼殺了的。這個時候誰還有閒情逸致去研究傷口幾處，每處幾分濶幾分長，凶器是什麼，兇手是誰？只知道屍首血肉模糊，幾乎不可辨認。這個賣咖哩飯的老番，得請他們的大祭師來念個咒，驅除邪祟，免得冤魂不去，鬧得闔宅不寧。

兩個荷著步槍的幽靈，在黑暗的廊上靜靜地來回踱著。他們一點也不怕嗎？

「清水組合」的招牌被瘋子們扯了下來，光管還懸在半空中，發出紅光，照著一個站在燈下的幽靈。他荷著槍，一動也不動。他在想什麼？他回憶一個他殺死的人。那個不甘心死的人睜著眼睛，瞪著他的劊子手，嚥下最後的一口氣。

紅色、藍色和青色的燈火照著馬路上的一灘血。僵屍駕著車子，在血上越過。我聽見冤鬼在哭泣。哪裡來這許多冤鬼？

一個冤鬼披頭散髮，厲聲叫道：還我命來。他擋在路前，不讓車子過去。僵屍駕著車子，在冤鬼身上輾過去。鬼不再會死亡。他一轉身，又擋在路前。還我命來。還我命來。還我命來。冤鬼們從四方八面湧來。片刻工夫，馬路上擠滿了冤鬼。他們一個個披頭散髮，一個個厲聲索命。那條狗——那條狗——冤鬼們一湧而上，向我索命。僵屍在他們身上輾過。要命的跟我來——。全世界沉冤未雪的鬼們從各方趕出來。從半島貿易大樓的橫巷裡，互相攙扶著走出來亞末辛德咖哩飯的冤鬼和那個上吊的番婦。從陰溝裡爬出那個滿身鮮血的年輕支那。他們哭泣著向我要回他們的命。我從來沒有冤過你們，你們不該向我索命。那條狗——那條狗！血債血償呀——

車子在馬路上飛馳，把冤鬼們遠遠拋在後面。僵屍一動也不動，緊緊抓著駕駛盤。他也看見那些哭泣的冤鬼嗎？他的神情慘澹，他在心裡一定怕到極點。他的雙手沾滿鮮血。我從來沒有殺過人，我的雙手是清白的。冤鬼們不該向我要命。

我從來不想殺人。我緊緊抓著我的短火，我的手在顫抖。瘋子——你們罵得真好，我是一條狗。但我的雙手是清白的。你們不要逼我。

「狗——狗——狗——」

瘋子們舞著手足，哈哈大笑。因為一個瘋子拿著一簇汙泥扔在我的臉上。你們不要逼我。我不要殺人。我的手在顫抖，我要抓緊我的短火。

「狗——狗！殺死他——」

瘋子們發一聲喊，向前撲來。那個年輕的瘋子舞著一根粗大的鐵鏈，向我奔來。

「你這條狗——你這條狗——」

他指著我破口大罵。在他的太陽穴上，青筋暴凸出來。一張瘦臉掙得通紅。我不想殺你，你不過十七、八歲。

「你這條狗——你這條狗——」

瘦小的瘋子攔腰一鏈向我打來。我躲閃不及，腰上吃了一鏈。

「你這條狗——你的媽和番鬼——」

瘋子——瘋子——我紅了眼睛，我要殺死你們這些瘋子。我不是狗！我是一隻飢餓的豺狼。飢餓的豺狼撲上前去，一口咬住瘋子的喉嚨。瘋子淒厲地嗥叫，沒有人上前來救他的命。那些瘋子已經被包圍，機槍對準著他們。我是一隻餓到極點的豺狼。我張著血盆大口，露出磨得發亮的牙齒。我痛苦地嗥叫。我要喝血——我要喝血——。我要咬破你的喉嚨吮你的血——瘋子！你的頭顱破了，你滿臉都是血。我要慢慢的折磨你。

我要看著你躺在街上，滿身鮮血。我要看著你的親人來哭你的屍。——你這個小瘋子！

「狗——你殺了我罷！」

瘋子——我就要殺你。我是一隻餓瘋了的豺狼。我咬你的喉嚨吮你的血，我痛快極了。你滿臉都是鮮血，你不再罵了。

「狗——狗——你殺了我罷！」

我就是一條狗！我就是一條紅了眼睛的狗！你罵得真好。狗咬瘋子，多有意思哪。你滿身都是鮮血——瘋子。

「狗——你殺了我罷！」

瘋子——瘋子——我是一隻紅了眼睛的豺狼——

我不想殺人！我從來沒有殺過一個人。我的雙手是清白的。我為什麼要殺你？你不過十七、八歲。你們不要逼我。他殺過人，他的雙手沾滿了鮮血。你們卻讓他逍遙自在。你們看他掌握著駕駛盤，在馬路上飛馳，多麼得意。他的雙手沾滿鮮血呵。鮮血染紅了駕駛盤，一滴一滴淌下來。我聽見冤鬼在哭泣。

冤鬼們踏著鮮血趕著路。路很長呵。我們要在天亮之前趕到家裡，親人正在焦急地等著我們。我們要趕路，我們要趕路——

那盞紅色的燈火，在那邊山上亮著。這是你們指路的燈火，你們快快趕路罷。那盞燈火，一定也照著港中的輪船。但我已看不見燈火燦爛的港灣。僵屍駕著車子，向著鬼域飛馳。

馬路上到處鬼影幢幢。鬼都在黑暗裡窺伺著。荷著槍的幽靈，仍舊無動於衷嗎？那邊牆上寫的是什麼字？——吊死亞邦蘇來曼！一天之中，吊死了多少人？吊死走狗許德明，吊死走狗陳火根，吊死亞里奧斯曼，吊死依不拉辛，吊死亞邦蘇來曼。他們被綁上絞架的時候，是不是也號啕大哭，哀求劊子手們大發慈悲，因為家中還有八十歲的高堂老母？吊死他——吊死他——吊死多少人！那個番婦。我們將她從梁上解下的時候，發現她的眼眶裡還留著淚漬。根據我們的調查，死者身前曾經嫁給一個賣傢俬的支那人，但不曾養下一男半女，總是不幸中的大幸。生下一個半唐半番的孩子，也是造孽。這番婦一定死得不甘心，她冤魂一定在這條黑暗的巷子裡留連不去。妳可以自由自在的徜徉，這裡沒有人騷擾妳。黑暗的巷子——多少冤魂在哭泣。兩個荷槍的幽靈在路邊來回踱著，皮靴發出桀桀的聲音——莫驚走那些哭泣的冤魂。月光靜靜地照在街上。

街上清潔得不見一滴血漬。——誰家的孩子在哭？

僵屍——你也變得異常的肅穆。你不再在嘴邊掛著陰森森的冷笑，你那半邊臉也不再出奇的怪異。你掌握著駕駛盤，靜靜地駛著車子，你怕驚動哭泣的冤魂？冤魂到處窺伺著你。你的雙手沾滿鮮血。

孩子，乖乖別哭，快快躲進母親的懷抱裡，街上有滿身鮮血的鬼。冤鬼們蹲在黑暗的角落裡，淒涼地唱著「歸兮歸兮」的歌。兄弟，那邊駛來一輛車子，我們搭便車回去罷。冤鬼們從黑暗的角落裡走出來，踏著鮮血，伸手攔住車子。僵屍駕著車子在他們身上輾過。冤鬼們在後面跟隨著車子，口中唱著淒涼的歌。驀地裡，機槍聲大作。冤鬼們一個個倒在街上。僵屍獰笑著站在車子頂上。殺死他——殺死他——冤鬼們在哭泣。沉冤未雪的冤鬼們要討命的跟我來，欠債的人統統在這裡。我們要勇敢地踏著鮮血，面對著機槍陣。殺死他——殺死他！那條唐人狗——我和你們無冤無仇，你們不要逼我。他的雙手沾滿鮮血，他才是欠債的人。殺死他——那個番鬼！那個番鬼！衝呀——

僵屍——你的死日到了。看，他們將你包圍，向你索命。你欠了債呵。他們要喝你的血，喝得滿嘴腥紅。你的手沾滿鮮血。——他們也要喝我的血呵。

「那條唐人狗！殺死他——」

我和你們無冤無仇，你們不該殺我。我的手在顫抖，我要抓緊我的短火。

「番鬼——你們滾開！我們要殺那條狗——」

番鬼們築了一道肉牆，護著我這個支那。我的槍法——我的手在顫抖。

你們不要逼我。逼我紅了眼，我開火把你們這些瘋子統統打死。我有短火，我不怕你們這些瘋子。

「狗——滾出來！番鬼滾開——豬！」

番鬼們紅了眼睛。瘋子，你們惹火了他們。他們是一群餓慌了的野豬。野豬發出了淒厲的嗥叫，撲進瘋子群中。

「番鬼滾開！我們要殺那條狗！豬——」

瘋子，野豬們餓瘋了。你們聽他痛苦地嗥叫，那是飢餓的聲音呵。你們這些不見棺材不流淚的瘋子。野豬要把你們撕成兩片，醮著血來吃。把你們撕成兩片還不夠，還要把你們的頸顱割下來拴在腰上帶回家去。一路上，血從你們的頭顱上一滴滴掉在馬路上。血滴得越多，英雄的榮耀也越大。他家的人正在準備著一個盛大的迎接英雄儀式，等著他腰栓幾顆人頭，手提幾顆人頭，凱旋回來。他的愛人也驕傲地等著他的榮歸，跪在她的跟前，向她求婚。

「狗——狗！豬——」

瘋子，你滿臉都是鮮血。那群野豬要把你們撕成血淋淋的兩片。你嗥叫。你號哭。你忍受不住了。你不再逞強。我不再罵了。瘋子。

「豬——豬！狗——」

瘋子——瘋子——野豬的嘴唇甃沾滿你們的鮮血。他們最喜歡在血汙裡打滾呵。你們滿身是血，還不快快逃回家去。你的親人正在家裡等著你回去。

「豬——豬！狗——」

瘋子，你的聲音越來越微弱。你們喊不出聲了。你們的血很快就會流盡。不久，你們就會倒甃在街頭上，只剩下一具沒有血的發青的屍體。你們快快逃命罷。你們的親人等著你們。

「豬——豬！狗——」

瘋子，你們快快逃命，再遲一點，你們就逃不了。這群餓瘋了的野豬！他們在血汙裡打滾，互相潑著血，從來沒有這麼快活過。瘋子，你們快快逃命罷。

「狗——你躲在番鬼的紗籠裡，你滾出來——」

我的手在顫抖，我要抓緊我的短火。

僵屍，你的雙手沾滿了鮮血。冤鬼到處窺伺著你。

那是什麼聲音？不是港灣裡吹來的風。那是哭泣的冤鬼帶著滿身的寒氣，掀起一陣陣的冷風。冤鬼們踏著鮮血趕著路。他們唱著淒涼的歌，結伴回去。月亮已經在中天，不久之後，就會聽到雞鳴。僵屍——在長長的旅途上，你撞著了他們。你縱然駕著車子。也再難逃脫他們的追索。陰風越來越大，轉瞬間，變成呼號的旋風。你在呼號的旋風中駕著車子橫衝直撞，但你不能突破重圍。

大地像死一般的靜，只有冤鬼的哭泣和旋風的呼號。僵屍，你把我載到鬼域裡。你逃進了絕路。

青色的鬼火照著通到地府的路。路上已經不見押解冤鬼的鬼卒。冤鬼們開了枷，解了鎖鏈，唱著淒涼的歌，追逐欠債的人。

遠處有幾簇紅色的鬼火。鬼域中到處都是鬼的呼嘯。呼嘯的聲音怎麼會這樣淒涼？婺婦在沒有燈火的屋子裡飲泣：你何其忍心，丟下我一個人；路長難走，你要保重。路途真長，看不見盡頭。

那間屋子，屋頂被幾時的大風掀起？牆上的木板已經破爛，裡面棲息著哪家的鬼？鬼域裡的屋子，密得像蜂巢裡的窩。窩子的頂上覆著舊年的茅草和兩片薄薄的鋅板。陰風吹過時，屋頂的茅草在飲泣，鋅片唱著淒楚的歌。

路邊有兩個荷槍的幽靈。他們對淒冷的哭泣和呼嘯的陰風一點也無動於衷嗎？青色的鬼火下有一片瓦礫場。誰在這裡舉行過盛大的火葬？火葬場中有鬼在哭泣。鬼踏著他們的骨灰，圍著一根殘柱，跳著鬼魂的舞。他們越跳越急，哭泣聲越來越淒涼。

忽然間，一片紅光照亮了火葬場。所有的鬼都發出淒厲的叫聲——

「支那呀——支那呀——」

群鬼拖兒帶女，逃出火葬場。他們一個個蓬頭垢面，圍著火葬場，唱著淒厲的歌。

「支那——支那！放火呀——」

火葬場中幾簇長長的火舌吐向天空。火舌下正舉行著輝煌的葬禮。屋子在燃燒，屋中的鬼也在燃燒。火照紅了鬼域的天空。火光中群鬼亂舞。年老的番鬼婦淒然叫一聲

「支那呀」便舞著手足，踉踉蹌蹌向火葬場中奔去。群鬼越舞越急，火越燒越旺。一時間，大半個鬼域變成了火葬場。屋子塌下來，屋中的鬼哈哈狂笑；他在火葬場中接受了最盛大的葬禮。火葬場邊群鬼唱著輓歌哀悼他。火中出來一個年輕的番鬼婦，懷抱裡摟著一個孩子。

群鬼停止了狂舞，面對著機槍。驀地裡，群鬼厲聲尖叫——

「那個支那——那個支那！殺死他——」

群鬼張牙舞爪，向前撲來。我躲在肉牆的後面，肉牆護著我。你們不要逼我。我沒有殺過人，我的手是清白的。

群鬼披頭散髮，紅著眼睛，在肉牆前跳著鬼魂的舞，唱著招魂的歌。

索命的冤鬼們——欠債的人都在這裡——

片刻間，全世界沉冤未雪的鬼從四方湧來。鬼域中擠滿冤鬼。他們像一支肅穆的送殯隊伍，踏著鮮血，緩緩前進。機槍對準著他們。他們的神情冷漠凝重，彷彿完全無視面對著他們的機槍陣。前進、前進——我們要在天亮之前趕到家裡和親人訣別。路很長呵。月亮已經在中天，很快就會聽到雞鳴。我們要在天亮之前趕到家裡，親人正在焦急地等著我們。已經深更半夜了，怎麼我的老二還沒回來？母親——馬路上流著鮮血，很不好走，您別等著我，先睡了罷。我們要趕路，我們要趕路。哼喲——哼喲——我們踏著鮮血趕著路呵——。驀地裡，機槍聲大作。霎時間，血肉橫飛，馬路上血流成河。我們要趕路，我們要在天亮之前趕到家裡。機槍聲越來越密，馬路上鮮血越來越多。我們要趕路，我們要趕路。路很長呵——

他的雙手沾滿鮮血。鮮血從駕駛盤上淌下來。

車子在血中飛馳。我就坐在他的身邊，我還是這輛車子的唯一乘客。

路很長呵——。我們飛馳，我們飛馳——。我的頭像破裂般痛楚。我只想睡覺。

忽然間，我們眼前一片光明。只見港中燈火燦爛，水面上波光閃爍。我真渴望現在有一艘輪船出港，響著長長的汽笛。

我們對看了一眼。他駕著車子，向回去的路開去。

（一九六八年）

原收入《拉子婦》（台北：華新，一九七六）

《婆羅洲之子》：少年李永平的國族寓言[1]

李有成

人啊，還是要落葉歸根，我的根在婆羅洲這塊土地上。

——李永平

一

《婆羅洲之子》是李永平半個世紀前創作的一部中篇小說。四十餘年後在接受伍

1 本文初稿發表於台灣國立東華大學空間與文學研究室和英美語文學系所主辦的「李永平與台灣／馬華書寫：第二屆空間與文學學術研討會」（二〇一一年九月二十四日），承主辦單位邀請特此表示謝意。

燕翎和施慧敏的訪談時，他曾經約略提到這部小說的寫作始末。他說：

高三那年，砂勞越有個「婆羅洲文化出版局」（是英國人留下來的好東西）為了促進文化的發展，特別成立一個單位，專門出版婆羅洲作家的書，語言不限，華巫英都行，每年有個比賽，獎金非常高。當時我想出國念書，家裡窮，父親說，我只能給你一千馬幣，以後就不給你寄錢了。所以，我大概用了一個學期，寫中篇小說，叫《婆羅洲之子》，獲得第一名，但我人已經在台灣念書了，他們就把獎金寄給我，剛好正是我最窮的時候。[2]

其時李永平正在國立臺灣大學外國語文學系念書，生活困窘，「第一年還好，還有錢吃飯，第二年就不行了，所以，為了賺生活費，我很早就翻譯，當家教，還好獎金寄過來了，不然就慘了，靠著那筆錢，我過了一年。」[3]

《婆羅洲之子》應該寫於一九六五年左右，也就是李永平就讀古晉中華第一中學高中三那年。李永平就以這部小說參加婆羅洲文化局（Borneo Literature Bureau）所主辦的第三屆（一九六六年）文學創作比賽，獲獎後小說由主辦單位婆羅洲文化局出版，時在一九六八年，也就是李永平負笈台灣的第二年。就如李永平所說的，婆羅洲文化局確實是英國的殖民產物。依林開忠的說法，「殖民政府於一九五九年設立婆羅洲文化局，並得到當時英國的慈善家那費特（Lord Nuffield）的基金會以及砂勞越與北婆羅洲（即後來的沙巴）政府的資助。成立婆羅洲文化局的目的有兩個，一是『提供適合當地的英文、馬來文、華文與其他婆羅洲語言的文學作品』；另一個是『經營一個規模宏大的販售書籍之組織並得以庫存大量的文學作品』。」[4]這樣的機構在成立之初當然不免

2 伍燕翎、施慧敏，〈浪遊者——李永平訪談錄〉，《星洲日報．文藝春秋》，二〇〇九年三月十四日與二十一日。Sarawak有不同中文譯名，如砂拉越、砂勝越、砂撈越等，除引文時尊重原作者譯法外，本文一律依馬來西亞觀光局官方網站的譯法作砂勞越。

3 同上註。

4 林開忠，〈「異族」的再現？：從李永平的《婆羅洲之子》與《拉子婦》談起〉，張錦忠編，《重寫馬華文學史論文集》（埔里：國立暨南國際大學東南亞研究中心，二〇〇四），頁九三－九四。

有其自身的文化政治，但在婆羅洲文化局開始主辦文學獎的一九六五年，砂勞越已經脫離英國的殖民統治，被納為新成立的馬來西亞的一州。新政府雖然延續舊制，保留了殖民時期所設立的婆羅洲文化局，但是可想而知，其法定任務與文化政治則未必一如殖民統治時代。

林開忠在其論文中談到上個世紀五、六〇年代砂勞越共產黨的鬥爭活動，他認為「這樣的一段歷史似乎很難從李永平的作品中展現出來」。當時作家的另一種選擇則是「支持殖民政府的決策，他雖然保住了最基本的生命安全，但卻可能淪落為殖民政府文化宣傳工具的不幸命運」。他進一步指出，「《婆羅洲之子》在砂勞越那樣的政治情境裡，只能是後一種的命運，但我們很難說這是作者本身選擇的，它可能為殖民政府所利用，這在那樣的情況底下是很可以理解的，這或許正是對兩難的掙扎下作者找到最後可以將情感抒發的主題。」[5]

暫且不談作家是否只能有非左即右的兩個選擇，林開忠為《婆羅洲之子》所作的定位其實大有問題，顯然未必符合歷史事實，在時間上其論證尤其難以成立。馬來西亞成立於一九六三年，英國對砂勞越的殖民統治宣告結束，砂勞越已是新興國家的一員，在政治上等於進入後殖民時期；換句話說，李永平在一九六五年寫作《婆羅洲之子》時已經不發生要不要「支持殖民政府的問題」，因此他既無須陷入「兩難的掙扎」，更不必擔心他的小說「可能為殖民政府所利用」。

李永平對北婆羅洲（沙巴與砂勞越）加入馬來西亞一向頗有微辭。他在接受伍燕翎和施慧敏訪談時即這樣坦承：「我不喜歡馬來西亞，那是大英帝國，夥同馬來半島的政客炮製出來的一個國家，目的就是為了對抗印尼，念高中的時候，我莫名其妙從大英帝國的子民，變成馬來西亞的公民，心裡很不好受，很多怨憤。」[6]在這之前李永平還接受詹閔旭的訪談，他在訪談中把心裡的嫌惡說得更為清楚：

我心目中的鄉土是婆羅洲，也許不是馬來西亞。馬來西亞橫跨馬來半島和婆

5 同上註，頁九六。
6 伍燕翎、施慧敏，〈浪遊者——李永平訪談錄〉。

羅洲北部，我生長的地方是北婆羅洲，那時是英國殖民地，叫砂撈越，我大概念高中十七歲的時候，馬來西亞聯邦成立了，那個國家是英國人把馬來半島的馬來亞，跟北婆羅洲的英國殖民地，砂撈越跟沙巴，把它結合起來弄個聯邦。事實上當時砂撈越的居民，包括華人，包括原住民都反對成立這個聯邦，因為這意味著馬來人主導整個政治。[7]

《婆羅洲之子》既不在為英國殖民者服務，也無意為新成立的馬來西亞搖旗吶喊，少年李永平所在乎的顯然是婆羅洲那塊土地，也就是《婆羅洲之子》中達雅老人拉達伊所說的「被白種人管的」土地，可是卻也是尚未遭受馬來西亞的種族政治汙染的土地。我認為李永平在小說獲獎後所發表的感言反而相當誠懇而實在地表達了他的寫作目的：

作者認為他只有一點生活經驗，並對於達雅民族的認識不夠全面和深入。所以，他恐怕《婆羅洲之子》不是一篇成熟的作品。但從他開始學習寫作時起，他就希望能為他們寫一點東西。因此他大膽地寫了這個發生在長屋的故事。希望大家分享他們的喜、樂和愛，分擔他們的哀、愁和恨。願大家也熱愛他們。[8]

二

我在文學作品中初識砂勞越的達雅族人是在讀了李永平的《拉子婦》之後。拉子即一般人對達雅族人的稱呼——達雅族人顯然對此稱呼很不認同，不僅如此，現在達雅族人多被稱為伊班人。不過遠在我讀小學的時候，我就知道在砂勞越有這麼一個種族叫拉子——那時候馬來亞尚未獨立，當然更沒有馬來西亞這個國家，我也當然不知道拉子就是達雅族人。有一段時間父親從馬來半島飛到婆羅洲的砂勞越工作，通常隔幾個月會

7 詹閔旭，〈大河的旅程：李永平談小說〉，《印刻文學生活誌》（二〇〇八年六月），頁一七五。

8 轉引自林開忠，〈「異族」的再現？：從李永平的《婆羅洲之子》與《拉子婦》談起〉，頁九七。

回家一趟，後來他和同行的友人在閒聊時經常會提到拉子這個用詞——有時採福建話（閩南語）發音la’a，有時則以潮州話稱la’kia，端看聊天的對象是誰。父親與其友人大概只是沿用砂勞越當地華人對達雅族人的稱呼，並不清楚這個稱呼是否隱含輕蔑或歧視。[9]後來上了中學，在地理課上讀到砂勞越的人口結構時，我才知道達雅族人——也就是一般人稱呼的拉子——與他們群居的著名長屋。

《婆羅洲之子》出版之初發行有限，五十年後的今天，坊間已無法看到這本小說；因此在這一節的討論中，我將以敘論相夾的方式分析這本小說的情節布局，藉此透露小說的大致內容與主要關懷。簡單地說，這本小說所敘述的是一位達雅族青年發現自己身具華人血統的故事。就敘事過程而言，我同意張錦忠的看法，《婆羅洲之子》始於衝突，終於和解，是一部結構堪稱完整的小說。[10]小說的敘事與其結構彼此呼應，情節中的衝突引發種種失序，最後都逐一獲得化解，重歸秩序。寫作《婆羅洲之子》時的李永平尚未接受正式的文學教育，還是屬於他所說的「對文學懵懵懂懂，根本不懂得文學是什麼」的年齡，[11]不過初試啼聲之作卻已展露其擅於講述故事的潛力。

《婆羅洲之子》的故事始於達雅族人的獵槍祭典。青年大祿士受長屋屋長杜亞魯馬（Tua Rumah，即屋長之意）之命在祭典中擔任其助手。對大祿士而言，這是極為重要的生命禮儀（rite of passage），象徵他被接受成為達雅族成人社會的一員。小說的第一個衝突即發生在祭典啟始之時，大祿士被其女友阿瑪的父親利布揭穿身分。利布急躁地說：「大祿士不是我們的人，他是半個支那，他會激怒神的。」[12]這個衝突背後其實不只隱藏著大祿士的身分之謎，還指向大祿士的繼父魯幹的死亡祕密。用魯幹的弟弟干尼的話說，「長屋裡的人們一直把這件事當作祕密地保守著，只為著怕冤冤相報，對兩家都不好。」（頁六八）原來殺害魯幹的正是利布。利布知道大祿士的生父是華人，就

9 有關拉子稱呼的由來與含意，可以參考林開忠的討論。林開忠，〈「異族」的再現？：從李永平的《婆羅洲之子》與《拉子婦》談起〉，頁一〇一－一〇四。

10 張錦忠，〈（記憶與創傷）與李永平小說裡的歷史——重讀《婆羅洲之子》與《拉子婦》〉，「李永平與台灣／馬華書寫：第二屆空間與文學國際學術研討會」（二〇一一年九月二十四日）。

11 伍燕翎、施慧敏，〈浪遊者——李永平訪談錄〉。

12 李永平，《婆羅洲之子》（古晉：婆羅洲文化局，一九六八），頁八。其後引文頁碼標示於內文括號內。

不斷勒索魯幹。干尼這樣對大祿士解釋：「你爸爸怕這龜子果然張揚出去，壞了你媽的名聲，也壞了你的將來，初時也只有忍氣吞聲。後來被那龜子纏得厭了，便也不再去理會他。」（頁七〇）結果在一次狩獵時，可能發生爭執，魯幹遭到利布誤殺。不過利布也因此「被關了好幾年」（頁六九）。

大祿士「半個支那」的身分一經暴露，他在長屋中的地位隨即一落千丈，不僅遭到集體排斥，厄運也因族人的偏見接踵而來。小說的第二個衝突發生在達雅婦女姑納帶著兩歲大的女兒被鎮上華人頭家的丈夫遣返長屋之後。大祿士代母親送些鹹魚與菜脯之類的食物給姑納，卻被謠傳與姑納之間有所謂「不明不白的事」（頁六〇）。在一個風雨之夜，大祿士突然聽到隔房姑納的尖叫，他衝到姑納的房裡，黑暗中有人衝了出去；正當大祿士詢問姑納事情的原委時，屋長杜亞魯馬剛好帶人進來，不由分說將大祿士綑綁起來。利布也趁機指控大祿士的不是。有人更指著姑納說：「妳被支那丟了，又跟半個支那相好。」（頁六一）後來真相大白，闖入姑納房間企圖非禮她的其實是利布的兒子山峇。

小說的第三個衝突涉及山峇與另一位達雅青年卡都魯為一隊馬打（馬來語，指警察）和支那便衣所捕，因為兩人「竟打搶起走拉子屋的支那販子來」（頁七三）。結果大祿士卻被誣為通風報信的人。按干尼的說法，「他們說只有半個支那才會做這種事情」（頁七四）。不但利布因此低聲下氣，央求大祿士向警方否認他對山峇與卡都魯的指控，連杜亞魯馬也狠狠地斥責他「做得夠了」（頁七九）。阿瑪更是對他無法諒解。

從小說情節逐步鋪陳的衝突可以看出，李永平在第一部小說中就知道如何經營小說的張力與戲劇效應。他把人物之間的衝突次第堆砌，到達高峰時再尋求解決。不過更值得注意的是這些衝突所直接或間接涉及的人物。放大來看，這些衝突所展現的不僅是大祿士因血緣上的「半個支那」而陷入的生命困境而已；更重要的是，這些衝突其實還界定了故事發生當時婆羅洲的種族關係——這才是少年李永平想要處理的議題，這也才是小說《婆羅洲之子》的終極關懷。

這裡所說的「當時」，用達雅長者拉達伊的話說：「這個時候，我們這個地方是被白種人管的。」（頁七二）[13]這是《婆羅洲之子》的整個敘事背景，李永平顯然有意避開砂勞越加入馬來西亞成為聯邦一員的政治現實，將小說的敘事時間拉回到英國殖民時期，讓白人統治階級在小說中以隱無的存在（absent presence）介入並宰制婆羅洲的種族關係與社會活動。

簡單言之，小說中的衝突無一例外都牽扯到達雅族人與其所謂的支那人這兩個種族。小說中的離散華人固然不乏像在山裡救助過拉達伊的善心支那阿伯（頁四八），或者吃不起頭家舖裡的米的貧困支那農人（頁五七），或者遭到達雅青年搶劫的「走拉子屋的支那販子（頁七三）」；可是小說中主宰或牽動敘事情節發展的卻是另一批離散華人。他們包括大祿士那位拋妻棄子回到唐山的頭家生父、將姑納與女兒趕回長屋的支那頭家，以及屬於殖民統治機器的支那「暗牌」（指便衣警探，為新馬一帶通俗用語）等。我們不難看出，論社經地位，後面這一批離散華人顯然遠高於小說中眾多的達雅族人。在殖民情境下雖然同屬被殖民者，這批離散華人的處境明顯地較原住民的達雅族人者為佳，在某種程度上還扮演了加害者、剝削者，或統治者代理人的角色。身為婆羅洲原住民的達雅族人則淪為殖民狀態下受到雙重宰制的弱勢者中的弱勢者。從這些事實可以看出其間種族與階級的糾葛狀態。甚至「半個支那」的大祿士在賭氣時也這樣描述華人與達雅族人之間的支配性關係：「支那拚命在刮達雅的錢，玩了達雅女人又把她丟掉，留下可憐的半個支那給達雅人出幾口鳥氣……」（頁八四）小說中扮演負面角色的山峇一再以警句提醒其族人：「支那不好做朋友，石頭不好做枕頭」（頁三八、五〇），語雖戲謔，而且不無充滿偏見，但也相當生動地描述了在殖民狀態下婆羅洲的種族關係。

山峇對華人的警語也許出於長期與華人互動的經驗，卻也頗能反映達雅族人對華人的刻板印象。刻板印象是種族論述中極為重要的議題，是再現過程中的一種圍堵策略，也是種族論述中種族想像（imaginaries）的一部分。刻板印象背後其實隱藏著一個欲蓋彌彰的欲望：將某個種族刻板化、扁平化，在某些情況下甚至扭曲化，以達到將其圍堵或固定在某個再現空間裡，凸顯其危險性與威脅性，目的不外乎在謀求自身的安全。其實不論任何種族，以種族內部的複雜性與異質性而言，刻板印象只能說是種族

---

13 張錦忠認為拉達伊所說的「這個時候」是指砂勞越被「白色拉惹」維納布洛克（Vyner Brooke）的家族統治期間或加入馬來西亞之前的英國殖民時期。見張錦忠，〈（記憶與創傷）與李永平小說裡的歷史——重讀《婆羅洲之子》與《拉子婦》〉。我偏向於認定「這個時候」指的是砂勞越未成為馬來西亞一州前的英國殖民統治時期。

偏見的產物，用今天流行的術語來說，是將種族他者化（otherizing）的結果，只見集體，而不見個體的存在。[14]

《婆羅洲之子》中山峇對華人的辭喻當然不能反映實情，不過也多少透露了在殖民情境下扭曲的或不平衡的種族關係。在處理這樣的種族關係時，策略上李永平一方面訴諸去刻板印象化（de-stereotyping），不忘透過像拉達伊那樣的達雅長者強調華人中的善良形象；另一方面則在小說情節上極力突出達雅族人中為非作歹的少數人，藉以勾勒種族內部的複雜性與異質性，用意當然在斥責種族偏見之不當，並釐清種族關係中隱晦陰暗的層面。

從這個角度看，《婆羅洲之子》所敷演的不啻是李永平的種族論述。[15]這是一個抽離政治的或者未經政治介入的種族論述，既將殖民權利的可能分化排除在外，也未預見日後由馬來人霸權所界定的新的種族關係。換句話說，李永平似乎特意在政治的真空下規畫他的種族論述。他的種族論述最後以大祿士的啟示錄視境這樣展現：

我心裡一亮，眼前出現了一幅壯麗遼闊的土地的畫面，那是我前些時從頭家的

> 鋪裡回來時，在路上的一個土坡上偶然發現的。這塊土地上有支那、達雅也有巫來由。大家要像姆丁所說的那樣：你不再叫我支那，我不再叫他巫來由，大家生活在一起，那我們的土地該會多麼的壯麗。（頁八四）

這個視境在小說結束時逐漸轉化為一種信念。在連串衝突獲得化解之後，大祿士與阿瑪重歸舊好。換句話說，所有的失序重返秩序。他們還進一步為未來的婆羅洲擘畫一個沒有種族的種族論述，舊有的種族界線從此消融泯滅，取而代之的是一個叫「婆羅洲的子女」的新興民族。這當然是李永平的種族論述的最後結論：

---

14 Michael Pickering, Stereotyping: The Politics of Representation. (New York: Palgrave, 2001), pp. 47-48.

15 李永平的種族論述在後來的小說如《拉子婦》中仍繼續有所發揮。請參考張錦忠的看法。張錦忠，〈（記憶與創傷）與李永平小說裡的歷史——重讀《婆羅洲之子》與《拉子婦》〉。

「阿瑪，以後沒有人再叫我半個支那了。」我愉快地說，「我相信有一天，沒有人再說你是達雅，他是支那了。大家都是在這塊土地上生活的。正如姆丁所說的。」

「姆丁這麼說過嗎？」阿瑪微微驚訝地偏過頭看我一眼，然後領悟似地點點頭，說：「是的，我們都是婆羅洲的子女。」（頁九四—九五）

三

小說結束前大祿士與阿瑪的對話為李永平的種族論述提供了一個烏托邦式的國族想像。在此之前，大祿士身陷連串的衝突，達雅族人的長屋社會也多次面臨失序狀態。衝突必須化解，失序必須恢復秩序；要解決這些衝突，重建這些秩序，李永平求助於大自然的災變，藉以排解個人乃至於社群內部的危機。張錦忠借用希臘悲劇的術語，稱李永平為小說情節解套的手法為「機器神」（deus ex machina）。[16]在大祿士被誣指向警方告發山峇和卡都魯之後不久，大自然突然有了回應，閃電與雷雨驟然大作，河水暴漲，山洪爆發。「汙黃的洪水挾著巨嘯，澎湃洶湧地捲來。眼看家園被吞沒了，山頭上到處都是哭聲。」（頁八七）在小說情節的脈絡裡，山洪當然有其象徵意義，其指涉就是上文所說的衝突與失序。不論大祿士或整個達雅族人的長屋社會，若能通過這場風雨和洪災的考驗，自然就會雨過天青，光明在望。有趣的是，就在這場洪災中，姑納的支那頭家竟然划著舢舨到來。舢舨不幸翻覆，大祿士英勇地跳進洪水中救人。當大祿士救起支那頭家之後，「山頭上忽然響起了一片歡呼聲。大家圍了上來，彷彿忘了風和雨，熱烈地慰問和讚揚我們。」（頁九〇）

經過了這場生死患難，不僅一向剝削達雅族人的支那頭家要把船上的餅乾分贈給大家，連仇敵利布都跟大祿士自承「以前的都是誤會」（頁九三），甚至欣然同意其女兒阿瑪「以後跟著大祿士」（頁九三）。此時「太陽從東方升起。洪水開始退去」（頁九五）。達雅人、支那人及半個支那人過去的種種恩怨情仇也都適時獲得撫慰與化解，

---

16 張錦忠，〈（記憶與創傷）與李永平小說裡的歷史—重讀《婆羅洲之子》與《拉子婦》〉。

種族之間的鴻溝形消於無，李永平所思構的顯然是一個沒有種族他者（racial others）的世界。此情此景的確令人動容，甚至小說的敘事者最後也忍不住跳出來，以超越種族類別的心情，將層次拉高到人類攜手互助的境界，並且激動地感性表示：「人類的溫情感動了每一個人的心」（頁九〇）。

創作《婆羅洲之子》時李永平只有十八歲，在他這部初履文壇之作中要求他處理盤根錯節的歷史問題與政治現實可能不盡公平。他既未深入釐清婆羅洲的種族問題與殖民歷史的關係，也未省思砂勞越在成為馬來西亞一員之後所必須面對的新的種族政治，反而在小說中一廂情願地刻意打造其心目中的婆羅洲國族。這個烏托邦式的未來願景顯然屬於非歷史性的（ahistorical）建構。這樣的建構正好可以讓我們將《婆羅洲之子》視為李永平的國族寓言（national allegory）。

國族寓言為詹明信（Fredric Jameson）的用語，且已廣為大家所耳熟能詳。詹明信認為，第三世界的文學必然是寓言的，應該被當作國族寓言來閱讀。詹明信當然不至於無知到不了解第三世界的複雜性，但他以為，第三世界國家大都經歷過類同的歷史經驗，也就是被殖民主義與帝國主義宰制的經驗。第一世界則是資本主義的世界，第二世界卻屬社會主義的陣營。詹明信的論文發表於一九八六年，當然他未及見到蘇聯與東歐社會主義集團的瓦解。他又以自承過分簡化的方式將資本主義一分為二，也就是小我與大我的分裂，詩與政治的分裂，性和潛意識層面與政治、經濟、階級等公眾世界所構成的層面之間的分裂；也就是說，「佛洛依德對上馬克思」。第三世界文學即屬於後者。[17]

詹明信發表其第三世界文學的理論時，後殖民論述已在學院中廣為人知，他的理論引起了不少的迴響。最嚴厲的批評是來自印度的馬克思主義學者艾傑阿默（Aijaz Ahmad）。他原本就不贊成三個世界的分法；更重要的是，他認為詹明信根本忽略了第三世界在文化、語言、歷史、政治、經濟方面的繁複異質。艾傑阿默尤其不滿詹明信分別以生產模式（資本主義與社會主義）來描述第一與第二世界，卻又以外力強加的經

17 Fredric Jameson, “Third World Literature in the Era of Multinational Capitalism,” Social Text 15 (Fall, 1986), p. 69.

驗（被帝國殖民的經驗）來界定第三世界。他以為這無異暗示前二者為創造人類歷史的主體，而後者則只是歷史的客體。在他看來，這其實是另一種形式的東方主義。不過，艾傑阿默對詹明信的國族寓言之說倒也不完全否定，只不過認為詹明信不應以偏概全，單憑自己所讀過的幾本英文創作或被譯成英文的第三世界文學作品，就認定所有第三世界的文學都是國族寓言。其實第一世界——如美國——的文學中也有不少國族寓言。有趣的是，艾傑阿默所列舉的美國文學作品中，有不少倒是屬於弱勢族裔或女性的創作，如賴特（Richard Wright）的《原鄉之子》（*Native Son*）、艾利森（Ralph Ellison）的《看不見的人》（*Invisible Man*），以及艾德琳瑞芝（Adrienne Rich）的《你的家園，你的生命》（*Your Native Land, Your Life*）等。不過，艾傑阿默所在意的可能還是「representation」的問題。在當代文學與文化研究中，這是個很重要的字眼，它至少有兩個意義：一個是「代表」，另一個是「再現」。在艾傑阿默看來，詹明信規畫其第三世界文學理論時，一方面既想代表第三世界發言，另一方面又意在再現第三世界，這樣的角色正是艾傑阿默所要質疑的。[18]

不過我認為詹明信主要是想提出一種主導敘事（master narrative）來解釋第三世界

的文學，這是將第三世界文學經驗總體化的結果。許多主導敘事其實在處理經驗的細節上難免掛一漏萬，這是可以理解的，但以國族寓言的概念閱讀某些第三世界或弱勢族裔的文學仍不失其有效性。我之所以將《婆羅洲之子》視為李永平的國族寓言，因為這本小說相當清楚地展現了李永平少年時代的國族想像。按詹明信的說法，在第三世界的文學中，個人命運的故事往往就是公共文化鬥爭與社會鬥爭情勢的寓言。[19]《婆羅洲之子》的敘事過程除了隱約提到砂勞越的殖民情境之外，並未指涉特定的政治現實或歷史事件，不過我們從小說的敘事過程中也不難看出其間種族關係的複雜與社會階級的糾葛。只是李永平的國族想像並非源於民族解放或反帝國與反殖民抗爭，也與階級鬥爭沒有直接關係。他的國族想像既是他的烏托邦計畫，卻也同時反證其內心世界的焦慮與欲

18 Aijaz Ahmad, In Theory: Classes, Nations, Literatures (London and New York: Verso, 1992), pp. 99-110.

19 Fredric Jameson, "Third World Literature in the Era of Multinational Capitalism," Social Text 15 (Fall, 1986), p. 69.

望。這些焦慮與欲望在《婆羅洲之子》的國族想像中暫時獲得紓解；在往後數十年的創作生涯中，李永平還要一次又一次重返婆羅洲，就像福克納（William Faulkner）在創作中一再造訪他所建構的美國南方一樣，這個事實也許正好說明，這些焦慮與欲望其實並未徹底獲得解決。從這一點也可以看出，《婆羅洲之子》雖然是李永平的少作，但是在他的整個文學產業中卻扮演了舉足輕重的角色。

引用書目

李永平，《婆羅洲之子》（古晉：婆羅洲文化局，一九六八）。
張錦忠編《重寫馬華文學史論文集》（埔里：國立暨南國際大學東南亞研究中心，二〇〇四）。
張錦忠，〈（記憶與創傷）與李永平小說裡的歷史——重讀《婆羅洲之子》與《拉子婦》〉，李永平與台灣／馬華書寫：第二屆空間與文學國際學術研討會，國立東華大學空間與文學研究室、英美語文學系主辦，二〇一一年九月二十四日。
伍燕翎、施慧敏，〈浪遊者——李永平訪談錄〉，《星洲日報．文藝春秋》，二〇〇九年三月十四日、二十一日。

詹閔旭，〈大河的旅程：李永平談小說〉，《印刻文學生活誌》（二〇〇八年六月），頁一七五－一八三。

Ahmad, Aijaz, *In Theory: Classes, Nations, Literatures.* (London and New York: Verso, 1992).

Jameson, Fredric, "Third World Literature in the Era of Multinational Capitalism," *Social Text* 15 (Fall 1986), pp. 65-88.

Pickering, Michael, *Stereotyping: The Politics of Representation* (New York: Palgrave, 2001).

李有成，中央研究院歐美研究所特聘研究員。

國家圖書館出版品預行編目資料

婆羅洲之子與拉子婦 / 李永平著. -- 初版. -- 臺北市 : 麥田, 城邦文化出版 : 家庭傳媒城邦分公司發行, 2018.09
面； 公分. -- (李永平作品集 ; 7)

ISBN 978-986-344-588-3（平裝）

857.63　　107013270

李永平作品集 7

婆羅洲之子與拉子婦

作　　者　李永平
責任編輯　林秀梅　莊文松　張桓瑋

版　　權　吳玲緯　蔡傳宜
行　　銷　艾青荷　蘇莞婷　黃家瑜
業　　務　李再星　陳玫潾　陳美燕　馮逸君
副總編輯　林秀梅
編輯總監　劉麗真
總 經 理　陳逸瑛
發 行 人　涂玉雲

出　　版　麥田出版
城邦文化事業股份有限公司
104台北市民生東路二段141號5樓
電話：(886)2-2500-7696　傳真：(886)2-2500-1966、2500-1967
發　　行　英屬蓋曼群島商家庭傳媒股份有限公司城邦分公司
104台北市民生東路二段141號2樓
書虫客服服務專線：(886)2-2500-7718、2500-7719
24小時傳真服務：(886)2-2500-1990、2500-1991
服務時間：週一至週五09:30-12:00．13:30-17:00
郵撥帳號：19863813　戶名：書虫股份有限公司
讀者服務信箱E-mail：service@readingclub.com.tw
麥田部落格：http://blog.pixnet.net/ryefield
麥田出版Facebook：https://www.facebook.com/RyeField.Cite/

香港發行所　城邦（香港）出版集團有限公司
香港灣仔駱克道193號東超商業中心1樓
電話：(852) 2508-6231　傳真：(852) 2578-9337
E-mail：hkcite@biznetvigator.com

馬新發行所　城邦（馬新）出版集團【Cite(M) Sdn. Bhd. (458372U)】
41, Jalan Radin Anum, Bandar Baru Sri Petaling,
57000 Kuala Lumpur, Malaysia.
電話：(603)9057-8822
傳真：(603)9057-6622
E-mail：cite@cite.com.my

設　　計　廖韡
電腦排版　宸遠彩藝有限公司
印　　刷　前進彩藝有限公司

初版一刷　2018年8月30月

定價／320元

ISBN：978-986-344-588-3